TAKE
SHOBO

神島古物商店の恋愛事変

その溺愛は呪いのせいです

大江戸ウメコ

ILLUSTRATION
蜂不二子

CONTENTS

イラスト／蜂不二子

神島古物商店の恋愛事変
Kamijima kobutu shouten no renai jihen
その溺愛は
呪いのせいです

プロローグ

残暑の残る九月、うっすらと西日が差し込む蔵の外では、ヒグラシが切なげな声をあげていた。

家主のいなくなった古民家。その離れにある蔵に冷房などあるはずがなく、むわっとした熱気が埃に混じって、むき出しの肌を撫でる。

けれども、暑さの理由は残暑のせいだけではない。

「はぁ、立花。可愛い。愛してます」

板張りの床に私を押しつけながら、熱に浮かされた顔で保科くんが何度も口づけを繰り返す。汗にまみれたシャツは彼の手によってめくり上げられ、熱気に肌がさらされた。

「うん、はっ、保科くんっ、あっ、正気に戻って！」

彼の身体を押し返しながら、私は必死に呼びかけた。

ひとけのない蔵でふたりきり。床に押し倒され、あわや貞操の危機といった様子だが、私と保科くんは断じてこのような甘い関係ではない。ただの先輩と後輩で、仕事仲間としても良好な関係を築けているか疑問に思うくらいだ。

保科くんは、口を開けばとにかく毒舌。私にちくりと言わなければ気がすまないのかと思うくらい、態度が冷たい男なのだ。それなのに。

「立花。口、あけてください。もっと」

「ぅむっ、んんんっ」

またしても唇が重なる。ぬるりと生暖かい舌が入り込んできて、私の口内を蹂躙した。

密着した身体が、重なる吐息が、たまらなく熱い。

すぐ近くにある保科くんの熱を宿した目が、とろんと甘い。

くちゅくちゅと舌が絡まる水音を聞きながら、私は心の中で悲鳴をあげた。

誰か、お願いだから保科くんを正気に戻して！

1　古民家に眠る、呪いの簪

　ことの起こりは、我が神島古物商店に寄せられた一件の依頼だった。

　その日、私はカウンター業務を担当していた。

　うちの店はお客さんが頻繁に来るわけではない。平日の昼過ぎともなれば、それは顕著だ。そういうときは、買い取った品物の手入れや撮影などをおこなう。撮影した写真はパソコンに取り込んで商品概要と一緒にリスト化して、引き渡し先の担当がひとめでわかるようにしておくのだ。

　うちは買取り専門店なので商品の販売は一部の例外を除いてほとんどおこなわず、買い取った品はいくつかの取引先にまとめて転売する。取引先は海外のバイヤーも多いので、リストは英語でも入力しなければならない。

　静かな空間に流れる時計の音を聞きながら、私は買い取ったばかりの指輪をクリーニングしていた。売りに来たのはまだ二十代の女性で、別れた恋人にもらった思い出の品らしい。未練を断ち切るために売って、そのお金で自分磨きをして前を向きたいのだそうだ。

　指輪は有名ブランドのプラチナ製だったので、それなりの値段で買い取ることができた。

結婚指輪にも使われる高品質なものだ。たぶん、奮発したのだと思う。プラチナは皮脂汚れに強く、痛みにくい金属だ。恋人の印として日常的に身につけていて欲しい。もともとはそういう気持ちで贈られた指輪なのだろう。

洗浄液を綿棒につけて、少しだけついた汚れを丁寧に拭き取る。買い取った品を綺麗に復元していくこの作業が、私は好きだった。品物が刻んできた歴史、前の持ち主の思い出。そういうものを洗い流して、できるだけまっさらな状態で、新しい持ち主の元へと品物を届ける準備をする。

軽く洗浄をすませ、仕上げに柔らかいクロスで指輪を拭うと、ジュエリーケースにしまう。次は売られずに、最後までご主人様のところにいられるといいね。そんな風に思いながら、指輪をジュエリー類の棚へと分類した。

そのとき、カランと店のドアにつけられたベルが鳴った。次のお客さんがやってきたようだ。

「いらっしゃいませ」

笑顔で声をかけると、品のいいスーツを着た四十代の女性が入ってきた。こういった店に不慣れなのか、不安げに店内を見回したあとに、おずおずとカウンターへと近づいてくる。

「あの、ここで、遺品整理をしてくださると聞いたのですけど」

遺品整理のご相談と聞いて、私はちょっと背筋を伸ばした。相談内容にもよるが、遺品整理は大口の買取りになりやすい。

「どうぞ、おかけください」

お客様に席をすすめて、私はカウンター越しに彼女と向きあった。女性が座って、ひと呼吸ついたのを見計らって口を開く。

「遺品整理のご相談、ありがとうございます。どういった品を買取り希望されているのでしょうか」

「それが、色々あって、私もあまり把握できていないんです。掛軸とかお皿とかが何枚も。あとは、昔からずっとある古い家具だとか、もうゴミみたいなものもあるんですけど。とにかく、蔵の中にたくさん」

「蔵ですか」

「ええ。群馬に住んでいた実母の家なんですけど、受け継ぐ人がいなくて。私も東京に家族がいますから、家ごと処分してしまいたいんです。ただ、祖父が骨董(こっとう)品が好きな人で、色々と集めたものが整理もされずに蔵の中に押し込まれておりまして。とにかくものが多いので、捨てる前に、売れるものがあれば売ってしまいたいんです」

なるほどと私は頷(うなず)いた。これはやはり、大口の案件になりそうだ。

「そうでしたか。できれば、ゆっくりとお話を伺いたいのですが、お時間は大丈夫でしょうか?」

「はい。今日でしたら、三時くらいまでなら」

「十分です。でしたら、あちらの相談室でお話しさせてください。――保科くん」

私は店の隅にある相談室を指してから、カウンターの奥の机で鑑定業務をしていた後輩を呼んだ。

彼はゆっくりと立ち上がるとカウンターに近づき、切れ長だけれども、どこかやる気がなさそうな目で私を見る。

「先輩、呼びました？」

「私はお客様と相談室に入るから、カウンターお願い」

「わかりました」

彼はほんの少し、面倒くさそうに顔を顰（しか）めてから頷いた。

保科くんは名前を保科隼人（はやと）といって、三年前にうちの店にきた。背が高く整った容姿をしているので、カウンターに立つと女性のお客様に喜ばれる。だけど、興味のない買取りだと、接客が少しおざなりになるのが難点だ。まぁ、おざなりになるといっても、よく知っている人間でなければ気づかない程度なので、問題を起こしたことはないのだけれど。

カウンターを保科くんに任せて、私たちは相談室へと向かう。

ちょっとした個室になっている相談室は、革張りのソファーとマホガニーのテーブル、観葉植物が置かれた、落ち着いた空間だ。お客様にソファーをすすめると、珈琲（コーヒー）をお出ししてから、ヒアリングに入る。

「本日担当させていただきます、三枝（さえぐさ）立花と申します。よろしくお願いします」

まずはそう挨拶をして、私は名刺をお客様にお渡しした。

「ご依頼は、遺品の整理——蔵の片づけということでよろしいでしょうか」

「はい。もし可能なら、買取れないものも引き取っていただきたいんです」

「別料金となりますが、こちらで不用品を処分することも可能です」

質問に返答しながら、私はヒアリングシートを埋めていく。

不要品の処分は有料だ。買取りできる品があれば、かかった費用をそこから差し引く。見積りを出すための出張鑑定は無料なので、お客様にまずは出張鑑定をおすすめする。

「現地で買取り可能な品物をリストにいたします。もちろん、その中に売りたくない品や、価格に納得できない品があれば、買取りから除外していただいてかまいません。処分品についても同様です。きちんとご納得いただいた上でのお品物の引き取りとなっております」

ひと通り説明を終えてから、お客様の返事を待った。

彼女は私が渡した資料をしばらく眺めてから、お願いしますと頷いたのだった。


依頼が決まってからもヒアリングは続く。シートにわかる範囲で蔵の大きさや、蔵の中にある品物について記入した。基本的に査定や買取りは、クライアントに立ち合いをしてもらうのだが、今回は彼女が東京に住んでいることや、査定に時間がかかりそうなことなどから、鍵を預かっての査定となった。

従業員のスケジュールを考えながら、査定の候補日をいくつか決めたら相談は終わりだ。

お客様を店の出口まで見送ると、肩の力を抜いて、ふうっと大きく息をはきだした。

「三枝先輩、お疲れ様です」

「保科くんも、カウンターありがとうね。買取りあった？」

「二件ありましたよ。ハズレばかりです」

カウンターには、ブランド物のバッグと時計が置かれていた。

「ハズレとか言わないの。保科くんの趣味とは違うだろうけど、古美術品よりもこういう品のほうが、すぐさばけるんだからね」

そもそも、今どき古美術品を売りにくる客のほうが珍しいのだ。

「苦手なんですよ、こういう品の買取り」

「やる気がないだけでしょ。どう考えても古美術品の買取りより覚えること少ないよ。いちおうチェックするから、査定の明細見せて」

買取った品物を再チェックする。商品の状態や品質、現在の相場などを細かく確認するが、保科くんの価格と相違ない。文句を言っても、問題なく査定できているではないか。

「ちゃんとできてるじゃん」

「どっちも、よく買取りがあるから覚えておけって、先輩が前に言っていた品じゃないですか」

保科くんは口を尖（とが）らせて、はぁと小さく息をはいた。

「もうデスク戻っていいですか？　依頼品の中に斉白石の魚図があったんですよ。先輩も見ます？」

「申し訳ないけど。私には中国絵画の良さはさっぱりだから」

断ると、保科くんは愕然（がくぜん）とする。専門分野が違うのだ。査定の勉強なら致し方ないが、純粋に鑑賞する趣味はない。そういう話題は、店長にでも振って欲しい。

「ああ、でも今回の依頼は保科くんが喜びそうだよ。蔵の整理だって」

「蔵ですか、内容は？」

「掛軸や焼物が数十点。正確な数はクライアントも把握してないって。おじいさんの趣味だったらしいよ」

「あ、俺行きます。メンバー入れてください」

案の定、保科くんがすぐさま食いついた。カウンターに立ったときと違って、目が爛々（らんらん）と輝いている。

「私に言わないでよ、スケジュール決めるのは店長だし。でもまあ、保科くんになる確率が高いんじゃないかな」

アルバイトも含めてお店には八人いるけれど、古美術品は、鑑定できるメンバーが限られているのだ。保科くんが担当になる確率は高いだろう。基本的にペアを組んで現地に向かうから、もうひとりは保科くんの苦手分野をカバーできる人物になりそうだ。

そう考えてから、私が担当させられる気がして、ちょっとだけ息をはいた。

嫌な予感は当たるというか、蔵の査定の担当は私と保科くんに割り当てられた。

今日は出張鑑定をおこなう日で、保科くんとふたりでクライアントの実家に向かう。

目的地は群馬県。東京から高速を使って数時間、疲れる運転になりそうだ。

憂鬱な気分で店のロゴが入った軽トラのドアに手をかけると、保科くんが秀麗な眉を歪(ゆが)ませた。

「三枝先輩。鍵、貸してください。俺が運転しますんで」

「え、運転、代わってくれるの？」

ラッキーと思いながら軽トラの鍵を手渡すと、彼は冷たい目で私を見下ろす。

「三枝先輩の運転は乱暴なんで。隣に乗っていると酔うんです」

「は？」

「ブレーキ急だし、クラッチ揺れるし、よく免許取れましたよね」

「はぁ!?」

保科くんは涼しい顔で嫌味を言うと、くるくるとキーを回しながら運転席へと乗り込んだ。怒りで震える私にかまわず、さっさとエンジンをかける。

たしかに、そういう点もあるかもしれない。AT車ばかり乗っていた私は、就職してから、軽トラの運転に戸惑った。教習所で練習した以来のミッション操作は不慣れで、クラッチとギアに苦労したのだ。けれども、さすがにそろそろ慣れたし、他のメンバーに運転技術を指摘されたことはない。

　保科隼人、やっぱりムカつく！

　私はぐっと拳を握って、乱暴に助手席のシートベルトを締める。じろりと保科くんを睨（にら）むが、彼は私などチラリとも見ずに涼しい顔で地図を確認していた。ギアを握ると、滑らかな操作で車を発進させる。

　文句をつけるだけあって、私よりも上手いのが、なお腹立たしい。

　保科くんが運転しているあいだ、私は鞄（かばん）から今回の資料を取り出してチェックする。売らずに残しておきたいものや、クライアントの要望、事前に聞き取りをおこなったときの注意などをリストにしてあるものだ。蔵の中身についてのヒアリング結果も書いてある。

「今回の依頼、先輩の出番ってあるんですかね」

　保科くんがぽつりと零した言葉に、私はぐっと押し黙る。買取りの仕事といっても、うちはそれぞれのスタッフに得意、不得意がある。私はブランド品や時計、貴金属、毛皮、切手など、広くこなすけれど、保科くんは骨董品や掛軸、絵画や書といった古美術品が得意だ。仕事のために覚えた私と違って、保科くんはもともとそういった品が好きで、趣味で知識を蓄えていたらしい。

「荷物の整理とかは役に立つし。宝飾品とか貴金属があれば、私のほうが得意だし」

「宝飾品や貴金属はリストにありませんでしたけど」

「蔵の中身はちゃんと覚えてないって言ってたじゃん。そういうのも、あるかもしんないでしょ。っていうか保科くん、もうちょっと柔らかく話せないの？」

「クライアント相手にはちゃんと取り繕っていますよ」

保科くんの接客は何度も見たことがあるので、それは知っている。接客ができないわけではないのだ。だから、その気になれば、ちゃんと私を年上の先輩として対応できるはず。

「私相手にも、もうちょっと取り繕おうよ。これでもいちおう先輩だよ、三歳も年上だよ」

「知っていますよ。だから、敬語を使っているじゃないですか」

「敬語を使えばいいってもんでもないよね⁉」

私の小言なんかどこ吹く風といった様子で、保科くんはハンドルを握っている。まったく、生意気な後輩だ。店長でさえ真贋を迷う作品をあっさり言い当てたり、こと美術品に関しては唸るほど知識があるくせに、ヒューマンスキルは全然だめだ。

ちょっと顔がいいからと、周りに甘やかされて育ったのではないだろうか。しかし、彼ももう二十五歳だ。そろそろ、正しい社交性を身につけて欲しい。

「まったく。後輩が入ってきたらどーすんの。今はいないからいいけど、そんな調子で接したら泣いちゃうよ」

「ちょっと強く言ったくらいで泣くような人間、相手にしたくありません」

「問題発言だよ、保科くん。もう、絶対に後輩の指導とか担当させられないじゃん！」

「俺、指導とか向いてないんで。もし新人が入ったら、三枝先輩お願いします」

「さりげなく仕事を押しつけようとしないでよ。古美術品希望だったら、保科くんのほうが適任なんだから」

対人関係を円滑にしようという気はないのだろうか。いや、あったら問題児扱いされていないだろう。仕事のミスは少ないのに、みんな、保科くんと組むのは嫌がるのだ。でもって、なぜか私にお鉢が回ってくる。

私だって、後輩にけちょんけちょんに言われるの、嫌なんだけど！

「クライアント相手には取り繕えるんだからさぁ。やればその毒舌を封印できるじゃん」

「言いたいことを我慢して、俺にストレスを溜めろと？」

「保科くんのせいで、こっちがストレスだよ！」

「大丈夫ですよ。ちゃんと言う相手は選んでますんで」

「選んでてそれなの？　私、保科くんの先輩なんだけど」

「三枝先輩って打たれ強いですよね。そのメンタルの強さ、尊敬するなぁ」

やいのやいのと言い合いながら、高速道路を走って群馬県へと向かう。文句を言いながらも、なんだかんだで保科くんと会話を弾ませてしまうから、私が彼の面倒を見る羽目になるのかもしれない。

三時間ほど車を走らせて、一軒の古民家に到着した。

数寄屋づくりの立派な門をくぐると、くたびれた大きな建物が見える。長い縁側があり、母屋と離れに分かれているようだ。大きな家だけど、あまり手入れされていないのか、ところどころ荒れていた。変色した壁板は一部が剝がれ、庭には青々とした雑草が茂っている。クライアントの年老いた母がひとりで管理していたらしいので、手入れが行き届かなかったのだろう。

「古くて立派な家ですね。これは期待が持てそうです」

「古美術品がたくさんあるといいね」

「ブランドバッグはなさそうですね。残念、先輩」

「私、べつにブランド品が好きってわけじゃないからね。仕事だから覚えただけで」

あと、ブランド品以外もちゃんと査定できるから。じろりと保科くんを睨むと、彼はふっと口元を歪めて、庭の奥へと歩いていった。私は肩をすくめて彼のあとを追う。今回依頼されたのは、蔵の整理だけだ。母屋や離れは無視して、まっすぐに蔵へと向かう。

「おお、なかなか立派な蔵じゃないの」

経年でくすんだ白い壁には腰板が張られていて、明り取りの上には、家紋の妻飾りがつけられている。

クライアントから預かった鍵を錆びた金属に差し込むと、歪んだ木製のドアがギシギシと抵抗しながら開いた。こもった熱気と埃が解放されて、思わず私は何度も咳き込む。

蔵の中は薄暗く、明り取りから差し込んだ光が、キラキラと埃を反射していた。いちおう電気は通っているらしく、古めかしいロッカスイッチを入れると、天井に張りついた白熱電球が遅れてチカチカと点灯する。

　蔵の中に入ると、熱気がむわりと肌を撫でた。

「毎度のことだけど、夏場の作業は嫌だね」

「先輩、熱中症で倒れるのは勘弁してくださいよ。俺、救急車とか呼ぶの嫌ですからね」

「保科くんもね。お宝に夢中になって、水分補給忘れないでよ」

「わかってますよ」

　必要な写真を撮ってから、蔵の中身をひとつずつ見分していく。段ボールや木箱が積み重なって、奥には古めかしいアンティーク家具もあった。状態によっては、あれも買取りできそうだ。

　私と保科くんは協力して蔵の中を整理した。古美術品が見つかれば保科くんに回し、それ以外の品は私が確認してリストにまとめる。

「うわあ、これいいなぁ。九谷焼の絵皿。この鮮やかな彩色、見事ですよね。この緻密な絵付けの感じとか好きだなぁ」

　保科くんは取り出した絵皿にうっとりと見とれている。彼の場合、鑑定をしているのか遊んでいるのかわかりづらいのが難点だ。いや、裏印も確認しているし、ちゃんと仕事はしている。さらっと紙に査定を記入して、彼は楽しそうに口を開いた。

「絵皿、他にもあります？　どんどん俺に回してくださいね」

こんなにも暑いのに、楽しそうでなによりだ。

絵皿の箱と一緒にペットボトルの水も差し出す。彼の場合、のめりこんで水分補給を忘れそうだから怖い。続けざまに三点ほど鑑定を終えると、保科くんは次の大きな桐箱（きりばこ）の蓋をあけた。

蔵の扉はあけ放しているが、熱気がこもって、だらだらと滝のように汗が流れた。首から下げたタオルで何度も汗を拭う。

「はぁ、あっつい。なんか涼しくなるような話、ない？」

「なんですかいきなり。怪談でもしましょうか？」

隅に置かれた段ボールの中を確認しながら、保科くんが提案する。

「保科くん、オカルトとか好きなの？」

「好きですよ。オカルトと古美術品って、通じるものがありませんか？」

「え、どういうこと？」

「古い品物って、それを作った人間や、集めた人間のいわくがあったりするじゃないですか。中には次の持ち主を呪ったなんて品もあって。ほら、持ち主が次々不幸に遭う絵画とか。そういうの、楽しくないですか？」

保科くんは、いつもは眠そうな目を生き生きと輝かせて、箱を開封している。私は眉を顰（ひそ）めて手元の桐箱を見つめた。

いやいや、呪いとかそんな、非現実的な。

「やめてよね。私たち、まさにそういう品を扱う仕事なんだからさあ」

「先輩、そういうワケありの品に当たった経験ってないんですか？　店長はあるって言っていましたよ。霊が憑いている時計で、鑑定したら気に入られて家までついてきたそうです。毎日金縛りにあって、お祓いに行ってやっと普通に戻ったんだとか」

「ええ⁉　聞いたことないんだけど。冗談よね？」

「先輩、そういう話、だめそうですもんね。店長が気を使って言わなかったんじゃないでしょうか」

保科くんは意地の悪い声でくつくつと笑った。私は顔を青くして周囲の品物を眺める。この蔵にあるのはまさに、幽霊が出てもおかしくなさそうな古い品ばかりなのだ。

「保科くん、査定中にそういう話するの、酷くない⁉」

「先輩が涼しくなる話はないかって聞いたんですよ」

「ゾクっとしただけで、体感温度は暑いままだよ。ああ、怪談とか嫌だ嫌だ」

「おっと。先輩、見てくださいよ。これとか、かなりヤバめじゃないですか？」

保科くんはそう言うと、箱の中身を私に見せてくれた。小さな桐箱の中には、一枚の紙札と紙束、そして古紙でぐるぐると梱包されたなにかの塊が入っている。保科くんが持ちあげた紙札は、茶色く変色した古いもので、絵か文字かわからない模様が描かれている。漢字に似ているが違う、どことなく不気味な、文字のような模様だった。

「なにそれ、御神札？」

「すごいですね。これ、たぶん霊符ですよ、珍しい。しかもかなり古そうだ」

「ごめん保科くん、霊符って？」

色々な品をみてきたつもりだけれど、霊符というのは初めて聞いた。

「中国の道教で生まれたまじないです。呪符とか護符っていったほうがわかりやすいかな。映画なんかで、陰陽師が札になにか書いていたりするじゃないですか。ああいうヤツです」

「神社で売ってる御神札とは違うの？」

「基本的に神社の御神札は漢字で書かれますが、こういう霊符は中国の古い甲骨文字なんかが使われていて、図案も複雑なことが多いですね。宗教的には別ですが、用途は同じと考えていいと思いますよ。厄払いだったり、護身だったり。まぁ、中には呪いなんてものもありますけど」

呪いと言われて、私はおっかなびっくりその札を見た。複雑な模様は何を意味しているのか、私ではさっぱりわからない。

「なにが書かれているかわかる？　呪いじゃないよね」

「さすがにこれは専門外ですね。梵字（ぼんじ）だったら少しは読めますけど、甲骨文字はちょっと。一部意味を知っている文字もありますけど、どう読み取っていいかわかりません。それに、破れて欠けている箇所もありますし」

梵字だったら読めるという言葉に、私はほとほと感心した。ブランド品の真贋にはまるで興味を示さない保科くんだけれど、彼の知識の幅は本当に広い。

「いつ頃のものかわかる?」

「一緒に紙が入っていましたから。こっちを見れば年代がわかると思います」

保科くんは霊符と一緒に入っていた紙を開いた。こちらはどうやら手紙のようだ。字形からおそらく明治の終わりか、大正時代に書かれたものだろうと予想する。

「日付があります。第一次世界大戦のときに、中国に行く前に婚約者に送った手紙みたいですね。一緒に箱に入ってるのは簪で、贈り物だと書かれています」

「へぇ、簪かぁ。戦前ならアリだよね。細工や素材によってはいい値がつくし。でも、保存がなぁ」

いったい何を思ったのか、簪は古紙でくるくると巻かれている。せっかく桐箱に入れているというのに、これでは通気性が台無しだ。

保科くんは簪を持ちあげると、古紙を破らないよう丁寧に剝がす。何枚も重なった紙束を剝がすと、今度は布袋が現れた。この中に簪が入っているのだろうが、包装が過剰過ぎる。巾着状の袋をあけて、簪の全貌が見えると思ったそのときだった。

蔵の中にぞわりと妙な風が吹いた。蔵の外で鳴くセミの声がぴたりと止まる。天井に張りついた白熱電球が明滅して、パッッと明かりが消えた。

「え、なにっ?」

突然の停電に私は短く悲鳴をあげた。けれども明かりが消えたのは一瞬で、すぐにまた元の明るさに戻る。

「びっくりした。なんか、変な風も吹いたし」

私がほっと息をはいたそのときだった。

簪を手にしていた保科くんが崩れ落ちて、床に片膝をつく。具合が悪そうに肩で息をはく保科くんに、慌てて駆け寄った。

「ちょっと、保科くん、どうしたの⁉」

「すみません。なんだか、急に眩暈がして」

「ええ、熱中症じゃない？」

蔵の温度はおそらく三十度を超えている。水分補給をするよう注意していたが、ずいぶん鑑定に夢中になっていたみたいだし、足りなくて熱中症になってしまったのかも。私は慌ててしゃがみ込むと、保科くんの額に手を置いた。

「熱がありそうな感じはないけど、とりあえず、軽トラ行って休む？　車なら冷房かかるし」

「そう、ですね」

「歩けそう？　ほら、肩、貸してあげるから」

私は保科くんの腕を持ちあげて、自分の肩へと回す。力をこめて彼の身体を支えようとした瞬間、保科くんが私を巻き込んでドサッと床へと倒れた。

「痛たたた。保科くん、大丈──」

大丈夫、と言おうとした声は、突然重なった唇によって奪われた。

え……嘘、なにこれ。どうしてこんな、キスなんて……⁉

「んっ、ほ、保科くん⁉　んむっ……」

あまりに突然の出来事に、私は混乱した。倒れた拍子に唇をぶつけたとか、そういう感じではない。だって、いつの間にか保科くんの手は私の頬に触れていて、私の顔が逃げないように、床に押さえつけて固定されているのだ。逃げようと身体をよじっても、保科くんの身体が邪魔で動けない。

保科くんは何度も食むようにして私の唇に触れてから、やっと少しだけ顔を離した。

「三枝先輩、好きです」

「はっ⁉」

熱に浮かされたような甘い目で、保科くんが吐息混じりの切なげな声を出した。

至近距離で顔を覗き込みながらそんな告白をされて、私は言葉を失う。

好き。好き？　保科くんが、私を好き⁉

いつも私に対して嫌味ばかり言ってくる保科くんが、嘘でしょう⁉

「ほ、保科くん、どうしちゃったの⁉」

「ずっと前から先輩のこと、可愛いなって思っていたんです。先輩……」

「ひえ！」

耳をかぷりと唇で挟まれて、上ずった声が口から洩れる。

耳元で聞こえる保科くんの声が、いつもと全然違う。吐息混じりに掠れていて、腰が砕

けそうなほどに艶っぽい。

　信じられない。保科くんって、こんなに色気のある声が出せる子だったの⁉

「先輩は俺のこと、嫌いですか？」

「い、いや、嫌いじゃあないけど」

「じゃあ、好き？」

「す……⁉」

　好きなわけがない。私と保科くんは職場の先輩と後輩、ただそれだけの関係だ。保科くんはどちらかといえば苦手な部類だし、彼に対して男を感じたことなど一度もなかった。保科くんは異性ではなく、生意気な職場の後輩。そう思っているのに、この雰囲気に呑まれてしまったのか、咄嗟に彼の言葉を否定できない。

「真っ赤になって、先輩、可愛い」

「か、かわっ⁉」

　くすくす笑う保科くんの表情が、いつもと全然違う。とろんとした目には色気があり、甘く危険に揺れている。薄暗い中、黄色い白熱電球の光に照らされた保科くんの整った顔は美しく、思わずどぎまぎしてしまう破壊力があった。

「嫌だったら、俺を突き飛ばしてください」

「待って、ちょっと、んむ……」

　私がなにも反応できずにいるあいだに、またしても唇を奪われてしまった。

どうしてこんなことになっているのか、全然わからない。保科くんが実は私のことを好きで、いきなり発情して襲いたくなったってこと？

それにしても突然すぎる。どう考えても保科くんはこんな甘い台詞を囁くような人間じゃあないし、仕事中に先輩を襲うような不真面目なヤツでもない。

「はぁ、三枝先輩……立花」

「っ」

キスの合間に名前を囁かれて、心臓が跳ねる。

こんな保科くんは知らない。まるで普通の男の人みたいに、甘く私の名前を呼び捨てるなんて。

「んっ、やめて、保科くん、ちょっと！」

「立花、抵抗しないで」

「嫌だったら突き飛ばせって言ったじゃない！」

「言いましたけど、あなたに拒絶されるのは嫌なんです。どうか、俺を受け入れてください」

「ひぇっ!?」

保科くんは口で手袋を外すと、私のTシャツの裾から手を差し込んできた。汗ばんだ素肌にごつごつとした保科くんの指が触れて、緊張で喉の奥がきゅっと締まる。

「こらっ、保科くん、絶対におかしいよ。正気じゃないでしょ！」

「そうかもしれません。立花を見ているとすごく愛しくて。頭が狂ってしまいそうです」

「狂ってる、たぶんもう頭が狂ってるよ！　私に隠れてお酒でも飲んだの⁉」

「いやだな。仕事中にそんなこと、するはずないじゃないですか」

「仕事中にこんなことしようとしてる人が言っても、説得力ない……ひゃ！」

保科くんの手が動いて、シャツがめくりあげられてしまった。下着が見えそうになって、私は慌てて保科くんの手を摑(つか)む。

「保科くん、これ以上は本当にダメ！」

「どうして？」

「どうしてって、あたりまえでしょ。恋人でもないのに」

「じゃあ、恋人になりましょう。俺とつきあってください」

蕩(とろ)けるような甘い笑みを浮かべながら、保科くんはそんなことを言った。

頭がクラクラする。目の前にいる保科くんは、保科くんの顔をした別人のようだ。

「保科くん、とりあえず落ち着こう。ちょっと離れて、ね？」

「嫌です。立花と離れたくない」

「いいから離れる。先輩命令です。ほら、そこに座って！」

私は身体全部の力を使って保科くんを押しのけた。ちょっとだけ距離ができて、ぜぇはぁと肩で大きく息をする。

どう考えても今の保科くんはおかしい。まさか酔っぱらっているなんてことはないだろうが、アルコールで人格が変わっているかのような有様だ。

「保科くん、体調は大丈夫なの？　さっき、眩暈がするって言っていたけど」

「はい。立花の顔を見ていたら治りました」

治ったっていうか、さらにヤバい頭の病気になってしまったのではないだろうか。

まさか、倒れたときに頭を打った？　いやしかし、頭を打ったくらいで、ここまで人格がおかしくなったりはしないだろう。いったいなにが原因で……。

私は眉根を寄せて、まじまじと保科くんを観察した。保科くんはいつもの皮肉屋で不愛想な態度はどこへやら、私に向かって尻尾でもふりそうな勢いでにこにこと笑顔を浮かべている。その表情はとても愛らしいのだけれど、普段の保科くんを知っている身としては、ただ不気味なだけであった。

視線を下げると、床に転がった細長い布袋が視界に入る。中に入った簪が、袋から少しはみ出していた。透き通った琥珀色をした、細工が美しい簪だ。素材はおそらくべっ甲、あるいはその模造品だろう。保管が酷かったわりに、上品で美しいあめ色には艶があって、状態はかなり良さそうだ。

けれども驚いたことに、べっ甲の簪からは陽炎のようにゆらゆらと、黒いモヤが立ち上っていた。しかもその黒いモヤは一部が糸のように伸びて、保科くんの背中に繋がっているのだ。

「ほ、ほ、保科くん。あの簪、見て！」

「なんですか、いきなり」

「いいからアレ。なんか黒いの見えない？」

私が簪を指すと、保科くんは渋々といった様子で落ちた簪へと視線をやった。

「べっ甲の簪ですね。状態はかなり綺麗ですが、本物かな？」

「今はべっ甲の真贋はどうでもいいから。あの簪から変なの出てるの、見えない？」

「変なの？　なんのことです？」

私の言葉に保科くんは首を傾げた。どうやらあの黒いモヤは、保科くんには見えていならしい。明らかに怪しいそのモヤが、保科くんに繋がっているにも関わらず、だ。

「あの簪、触っちゃダメな品物だったんじゃない……？」

思えば、あの簪は厳重に紙で包まれて保管されていた。しかも、箱の中には霊符まで一緒に入っていたのだ。簪になにか問題があって、お祓いのために霊符を一緒に入れていたのではないか。

「まさか、俺の怪談を聞いて怯えているんですか？　可愛い人ですね。大丈夫ですよ。呪われた品なんて、そう簡単に出てくるものじゃありません」

「今まさに、呪われたんじゃないかってくらい、保科くんがおかしくなってるからね？」

思えば、保科くんが倒れたのも、あの簪の開封中だった。梱包を解いて簪に触れてしまったから、なにか悪いものが保科くんに憑りついたのではないだろうか。

どうすればいいだろう。査定中にこんなおかしな品に当たるのは初めてだ。相談しようにも、保科くんはとろんとした甘い目で私を見つめている。とてもじゃないが、頼りになりそうにない。

見た感じ、あのモヤから伸びた糸が怪しい。保科くんの背中に繋がっているこれをどうにか切ることができたら、元に戻らないだろうか。

「保科くん、ちょっと後ろ向いて」

「どうしてですか？」

「すごくヤバそうなゴミがついてるの。取ってあげるから、後ろを向く」

保科くんは首を傾げながらも、素直に私に背を向けた。素手でモヤの糸に触るのは怖かったので、しっかりと手袋をしているのを確認してから、そっと糸に触れてみる。けれども私の指は糸をすり抜けて、保科くんの背中にぶつかった。

なるほど。どうやら物理的に触れるわけではないらしい。

「ゴミ、取れました？」

「ちょっと難しいみたい」

糸を保科くんから外すことはできなさそうだ。だとしたら、やはりあの簪をどうにかするべきだろう。

私は意を決して床に散らばった紙を拾った。簪が包まれていた紙だ。よく見れば、この紙の内側にも霊符と似たような模様が描かれていた。怪しいモヤを放つ簪を触るのは嫌だったが、布袋ごと簪をむんずと摑んで、元通りに紙でぐるぐると梱包する。ついでに落ちていた霊符も拾って、桐箱の中にまとめてつめて蓋をした。

これでどうだと思ったが、今度は桐箱からモヤが溢(あふ)れ出た。だけども、さっきよりはモヤの色が薄い気がする。保科くんに伸びた糸も、こころなしか細く薄くなっている。

「うっ！」

問題の簪を桐箱に封印すると、保科くんが苦しそうなうめき声をあげた。がくっと床に膝をついてから、はぁはぁと荒い息をはいている。

「保科くん、大丈夫？」

「三枝先輩？」

ああ、良かった。呼びかたが元に戻っている。

保科くんは虚ろな目で私を見てから、さっと顔を朱色に染めた。慌てて私から顔を逸らして、今度は両手で頭を抱える。

「……俺、今、死にたい気分です」

「良かった。正気に戻ったんだね」

「ええ、はい。おかげさまで。……いや、まだちょっと変かもしれませんが、とにかく、さっきほど異常ではありません」

その言い草はいつもの保科くんのもので、私は大きく息をはきだした。

良かった。保科くんがあのままだったら、どうしようかと思った。

「やっぱりおかしかったよね。さっきのこと、覚えてる？」

「もういっそ、忘れていたほうが良かったんですが。あいにく、全部覚えています」

保科くんは、はぁぁぁぁと大きくため息をついた。可哀想なくらい顔を真っ赤にして、混乱した様子でマジか……嘘だろ……なんて呟いている。

保科くんはかなり動揺しているらしい。まぁ、無理もない。なにせ、私に向かって好きだの可愛いだの、散々甘い台詞を言った上に、キスまでしたのだ。

私だって、思い出しただけで顔が赤くなりそうだ。

「たぶん、あの簪のせいだよね？　保科くんが変だったの」

「先輩が簪をしまった途端に、思考がクリアになったので。おそらく、そうだと思いますが……」

保科くんはちらりと私を見て、小さな声で言った。

「先輩、本当にすみません。まさか、自分があんなことをするなんて」

「うん、まぁ、かなり驚いたけど。でもまあ、事故みたいなものでしょう？」

「事故、ですか」

「保科くんの意思じゃなかったんだし。野良犬に嚙まれたとでも思って、忘れるよ」

「野良犬……」

保科くんは口元を指で押さえて、なにかを考えるようにじっと目を伏せた。

「俺、結構やらかしたと思うんですけど。野良犬に嚙まれたですませていいんですか？」

「え？　あ〜、うん。でもまあ、未遂だったし」

「キスはしましたけど」

「それくらいでいちいち責任取って！　なんて言わないってば。ましてや、保科くんの意思でもなかったわけだし」

「……そうですか。いや、まあ。そうですよね」

保科くんの様子が少しおかしいのが気にかかったけれど、それより、やはりあの箸だ。

私は床に置いた黒いモヤを放つ桐箱に目を向ける。何度見ても不気味だ。

「これ、なんなんだろうね。まだうっすらモヤが保科くんに繋がってるみたいなんだけど」

「俺には、そのモヤっていうのが見えないんですが。でも、なんとなく影響されてるなっていうのはわかります」

「そうなの？　まだ、どっか変？」

「そうですね。先輩、ちょっと手を貸してもらっていいですか？」

「手？　こう？」

私が手を差し出すと、保科くんは両手でぎゅっと握って、ふぅと小さく息をはいた。

「ああ、やっぱり」

「やっぱりって、なに。これってなんの確認なの？」

「さっきから、妙に先輩に触れたくてたまらない感じがあるんですよね。しかも、こうやって触れていると、妙に落ち着きます」

「げ、うっそ」

私は慌てて保科くんの手を振り払って、疑いの目で彼を睨む。

「また、さっきみたいに変になったりしないよね？」

「あそこまで見境ない感じではないですよ。我慢できる程度ですが……まいったな」

「まいったなはこっちの台詞なんだけど。どうする？」

「あの簪が原因なら、離れればどうにかなるかもしれません。手早く仕事を終わらせて、店に戻りましょう」

保科くんの言葉に私は頷いた。とにかく、あんなおかしな品物から早く遠ざかったほうがいい。

いつもよりも急いで物品のチェックを終わらせると、私と保科くんは協力して片づけを終えた。

「ふぅ、だいたいこんなものですかね」

「結構時間かかったね。あの簪の査定、どうする？」

「正直、アレを買い取るのは気が引けますが……まぁ、べっ甲の値段で考えればいいいんじゃないですか？」

「べっ甲の真贋はまだ見れてないけど、もう開封したくないもんね。いちおう、買取りリストに入れておこうか。店長に要相談だね」

相談しながら、品名と査定結果を書き込んだバインダーを鞄にしまう。このリストと撮影した写真を元に、店に戻ってから見積りを作るのだ。

帰る準備をしていると、突然私の背中に重たいものがのしかかってきた。

「わっ、なに⁉」

見れば、保科くんが私の背中に覆いかぶさって、ぎゅっと身体を密着させている。保科くんのさらりとした前髪が私の肩に当たって、ドキリと心臓が跳ねる。

「ほ、保科くん、なにするの」

「すみません。ちょっとだけ、こうさせていてください」

「え、大丈夫？」

ふざけているなら振り払うのだが、保科くんの声は苦しそうだった。私に触れていると落ち着くと言っていたし、これもあの簪の影響なのだろうか。

人命救助をするような気持ちで背中を貸す。ぴったりと当たった胸板に、意外と筋肉がついてるんだな、なんて思ってしまって、妙に落ち着かない気分になった。しばらくそわそわしながら我慢していたけれど、保科くんはなかなか離れる気配がない。

「保科くん。この体勢はちょっと心臓に悪いというか、そろそろ離れて欲しいんだけど」

「すみません。迷惑だってわかっているんですけど……あと少しだけ我慢してください。落ち着いたら離れますんで。俺のことは気にせず、作業を続けてくれていいんで」

落ち着くって、なにが落ち着くんだろうか。私の心臓は全然落ち着いてくれないのだけど。

作業を続けろと言われても、こんな状態で続けられるわけがない。

「保科くん、まだ？」

「ん、もう少しだけ」

耳元で囁かれる声が、やはりいつもよりも掠れて、甘い。

艶めいた声に、心音がさらに速まった。

「ね、早く店に戻ろうよ。あの簪から離れたら、きっと正気に戻るから」

「そうですね。このままだと、俺も色々とヤバい気がしています」

保科くんは名残りを惜しむように、ぎゅっと腕に力をこめたあと、私から離れた。ようやく背中の体温が去って、私はほっと息をはく。

「恐ろしいね、あの簪。もしかして、異性にひっつきたくなるとか、そういう効果なの？」

「いや、どうでしょう。他の人間に会っていないからわかりませんが、先輩限定な気がします」

「なんで？　簪に触ったときに、近くにいたから？」

「いえ……いや、そうですね。たぶん、そんな感じですよ」

煮え切らない態度で、保科くんは荷物を持ちあげた。蔵の外に出ると、もうすっかり日は傾いていて、涼しい風が頬を撫でる。薄暗い庭でチリリリリと虫が鳴く。雑草を踏みつけながら庭を横切って、私たちは軽トラへと向かった。

「遅くなりましたね。どこかで夕食を済ませてから帰りましょうか」

「うん、そうだね。なにか食べたいものでもある？」

「先輩と一緒なら、なんでもいい――ちょっと待ってください。今のなしで」

口説くような台詞を言いかけて、保科くんは顔を赤くして、ぶんぶんと首を左右に振った。

私はうわぁと思わず呻く。

「今の、アレの影響？」

「そうですね。自分がなにを口走るかわからなくて、ぞっとしています」

保科くんは顔を手の平で覆いながら、低い声で唸った。

いつもの保科くんに戻ったように見えるけれど、やはりまだあの簪に影響されているらしい。

「はぁ。夕飯はなんでもいいですが、酒が飲みたいです。アルコールに逃げたい」

「飲んでもいいよ？　どうせ今日はもう仕事も終わりでしょ。帰り、運転してあげる」

「遠慮しておきますよ。先輩の運転は荒いですし――なにより、今酒を飲むと、さらに自制が利かなくなりそうだ」

うんざりした様子で、保科くんは軽トラの運転席に乗り込んだ。ギアを握る保科くんの背中にはまだ黒いモヤの糸がついたままで、それが蔵のほうへと伸びている。このままある程度離れたら、この糸も切れるんだろうか。

エンジンをかけて車を発進させる。けれども、五分もしないうちに、ハンドルを握る保科くんの様子がおかしくなった。青白い顔で苦しそうに眉根を寄せると、車を路肩に寄せて停車する。

「保科くん、どうしたの？」

「……気持ち悪い。このまま進むと倒れそうです」

「え？」

保科くんはシートにどっかりと身体を預けて、苦しそうに荒い呼吸を繰り返した。背中の黒い糸は、彼を離さないとばかりにまだくっついたままだ。

「いけるかなと思ったんですけど。あの家から遠ざかるほど、具合が悪くなって」

「顔、真っ青だよ。それって、あの簪から離れちゃだめってこと？」

「おそらく。これ以上離れると……意識、失いそうな感じです」

保科くんは本当に具合が悪そうで、私は慌てて彼のシートベルトを外した。

「助手席に移動して。とりあえず、蔵に戻ってあの簪を持ってこよう」

「買取り前の品物の……勝手な持ち出しは……」

「非常事態だよ！　あとで店長に電話して、クライアントにも謝ってあげるから」

強引に保科くんを助手席に座らせると、運転席に回ってシートベルトを締める。具合が悪そうな保科くんを気遣って、できるだけ丁寧に車を発進させた。すぐさまUターンをして、クライアントの家まで戻ると、もう一度蔵をあけて例の簪を桐箱ごと持ち出した。

車に戻ると、具合が回復したのか、保科くんは申し訳なさそうな顔でしゅんとしている。

「体調はどう？」

「簪が近くにあるからか、体調は回復しましたが……気分は最悪です」

　さもありなん。私は同情しながら運転席に乗り込む。

「途中でなにがあるかわかんないから、運転は私がするよ。あと、簪の持ち出しについて店長に相談するから、ちょっと待っててね」

　保科くんにそう断って、私は店長に電話をする。正直、こんなオカルトめいた話を信じてくれるか不安だったが、起こった出来事を――保科くんの名誉のために、私に迫った部分は伏せて話すと、意外なほど真剣にとりあってくれた。

　なんでも、古物には稀にそういう品があるらしい。保科くんが話してくれた店長の体験談も、ホラ話ではなく、本当にあったことなのかもしれない。

　クライアントへは店長が話を通してくれることになり、ひとまずあの簪は保科くんが持っているのがいいだろうということで落ち着いた。

　バタバタとしていると、すっかり時間が経ってしまった。今から東京に戻るのかと思うとげんなりする。私も保科くんもすっかりくたびれてしまって、夕食はパーキングエリアで簡単に済ますことにした。今日はもう店に戻らず、このまま直帰しようと話し合う。

　東京の県境に近いパーキングで休憩をとると、保科くんが運転席のドアに手をかけた。

「三枝先輩のマンション、たしか駐車場がないんですよね？　軽トラ、俺のところ置いとくんで、運転代わります」

「大丈夫？　辛いんだったら、近くのパーキングに停めておくから平気だよ」

「簪が近くにあるからか、具合は平気です。その分、別の症状はあるんですが」

「別の症状？」

「先輩に触れたくなります」

保科くんの言葉に顔が熱くなって、一歩だけ後ろに下がった。

なるほど、アレは簪が近くにあると起きるのか。紙でぐるぐる巻いて箱にしまってからはモヤが薄くなったし、昼間ほど酷いことにはならないだろうけど。

「警戒しなくても大丈夫ですよ。我慢できる程度の衝動ですから」

「そ、そっか。じゃあ、運転代わってもらおうかな」

運転に集中してもらっていたほうが、変なことを考える暇もないだろう。

私はドキドキしながら助手席に回る。わかっている。保科くんが触れたいだなんて言うのは、あの簪が原因だ。雑念をかき消して私はシートベルトを締めた。


保科くんはそのあと、体調が悪くなることもなく、自宅まで送ってくれた。

私の家はクリーム色の壁が特徴的な、六階建てのマンションだ。一階は美容室になっているが、もうシャッターは下りていた。駐車場がないので、マンション前の路肩で降ろしてもらう。

「保科くんの家はここから三十分くらいだっけ。気をつけて帰ってね」

「はい。今日は色々とすみませんでした」

「まぁ、保科くんのせいじゃないし。でも、本当に気をつけてね。なにかあったら連絡してくれていいから。あんまり頼りにならないだろうけど、救急車を呼ぶくらいならできるし」

保科くんを見送ってから、階段を上って自宅に戻る。今日はたくさん汗をかいたし、埃っぽい作業だったので、まずは身体を洗いたい。シャワーじゃなくて、お風呂に浸かってゆっくり疲れを取ろう。そう思って準備をしていると、スマホが着信音を鳴らす。驚いたことに、さっき別れたばかりの保科くんからの電話だ。

「保科くん、どうしたの？」

「三枝先輩、助けてください」

スピーカーから苦しげな保科くんの声が届いて、私は目を丸くした。


十五分後、保科くんは私の家のリビングにいた。

まさか、自分の家に保科くんを招くことになるとは思っていなかった。見られてまずいものはないかと、私はざっとリビングを見回す。

キッチンと一体になったリビングは、全体的に白とブルーでまとめてある。落ち着いたネイビーブルーのラグはお気に入りだ。家具は少なく、壁に飾り棚がある以外はソファーとローテーブル、食事用の小さなダイニングテーブルが置いてあるだけ。雨の日は洗濯物を部屋干ししているのだけれど、今日はそういったものも片づけてあって、ほっと息をつく。

女性らしい部屋の中、申し訳なさそうに小さなソファーに座る保科くんを見て、どうしたものかと私も眉を下げる。

「まさか、簪だけじゃなくて、私から離れても気分が悪くなるなんてね」

私を送ったあと、自宅に帰ろうとした保科くんは、このマンションから離れるにつれてまた具合が悪くなったらしい。二度目の体験にこれはヤバイと感じて、慌てて私に電話してきたのだ。

「すみません、家に入れてもらって」

「うん。まぁ、放置もできないしね。しかし、どうしたものかな」

簪と離れられないのはまだいい。良くはないが、持ち運びができるし、そこまで大きなものでもないので致命的に困ることはないだろう。だけど、私から離れられないというのは大問題だ。このままだと保科くんは家に帰ることすらできない。

「この簪の——呪いでいいんですかね。それをどうにか解かないとまずいですね」

「お祓いに行けばいいのかな。でも、お祓いって普通の神社でやってるもの？」

厄払いの祈祷（きとう）ならばともかく、こんなお祓いを普通の神社でやれるのだろうか。

どこかにそういうことを得意としている業者があるといいけれど、インターネットで調べても、眉唾な情報しか出てこなさそうだ。店長も前に似たようなことがあったみたいだし、相談したら教えてくれるかもしれない。

「あとでお祓いができる場所がないか探してみます。けど、今日は……」

「うちに泊るしかないよね。ちょっと寝にくいと思うけど、ソファーでもいい？」

　ふたり掛け用の小さなソファーなので、保科くんが寝るには厳しいと思う。ラグの上で寝るのと、どちらがマシだろうか。

　私が悩んでいると、保科くんは驚いたように目を丸くした。

「泊っていいんですか？」

「そのつもりで来たんじゃないの？　っていうか、今の状態じゃあそうするしかないよね」

「いや、そうですけど、そうなんですけど。先輩、ちょっと無防備すぎません？」

　頼ってきた相手に叱られて、私は肩をすくめた。

　そりゃあたしかに、ひとり暮らしの女が、異性を気軽に家に泊めるのはいただけない。けれども、今回ばかりは非常事態だと思うのだ。

「そうかもしれないけど。私が出て行けって言ったら、保科くんはどうするの」

「家に帰る……のは無理そうなので、近くのコインパーキングで、軽トラの中で寝ますね」

　なるほど、そういう手もあるのか。

　いやしかし、それだとゆっくり身体を休めることもできないだろう。ただでさえ大変なことが起きて疲れているはずなのに、さすがに可哀想だ。

「近くのコインパーキングって、ここから五十メートルくらいだよね。それくらいなら、離れてもなんともないの？」

「多少不愉快な感じはしますが、耐えられないほどじゃありません」

耐えられないほどじゃないってことは、つまり、ちょっとは辛いってことだ。異性を家に泊めるのが無防備と言われようが、保科くんに忍耐を強いることはできない。

「泊っていきなよ。保科くんのことは信用してるし、変なことしたりしないでしょ？」

「俺を信用するのはやめてください。普段ならともかく、今はちょっと自信ないんですから」

私の誘いに、保科くんは困った顔で首を左右に振った。

ああ、そうか。呪いの影響で、私に触りたいとか、そういう欲求が起きているんだっけ。

「でも、昼間みたいに人格がおかしくなってないよね。意識は保科くんっぽいし」

「まあ、あのときほど頭がイかれてはいませんけど」

「だったら大丈夫でしょ。保科くんが正気で私を襲うとか、想像できないし」

私はリビングから寝室に移動して、クローゼットをあけた。ハンガーにかかった、今は使っていない冬用のコートの下をごそごそと漁る。たしか、この辺に入れてあったはずだ。

目的の紙袋を見つけて、私はそれを保科くんに差し出した。

「はいこれ、貸してあげる」

「なんですかこれ。……男物のシャツ？」

「着替えがないと困るでしょ。ズボンは私のものを履いてもらうしかないけど。保科くん細身だし、ウエストがゴムのやつならいけるよね」

　私は保科くんでも履けそうなズボンを探してベッド下の収納を確認する。だぼっとした作りのルームウェアなら、彼でも履くことができるだろう。どう考えても丈は合わないだろうけど、そこは我慢して欲しい。

　地味な紺色のスウェットを見つけて差し出すと、保科くんはなぜか手元のシャツを険しい顔で睨んでいた。

「保科くん、どうしたの？」

「え、いえ。三枝先輩、彼氏いたんですか」

「は？　そんなのいたら、さすがに保科くんを家に泊めたりしないけど」

　いくら非常事態とはいえ、彼氏がいるのに別の男を家に泊めるのはマナー違反だろう。

「でも、この服は……もしかして、元彼の忘れものとか？」

「冗談じゃない。っていうか、もう彼氏なんて何年もいないから」

　元彼という言葉で嫌なことを思い出して、私は顔を顰めた。

　彼氏なんて欲しくない。今は仕事が楽しいし、毎日が充実しているからそれで充分だ。

「その服、弟のなんだよね。前に実家に帰ったときに、私の荷物に紛れちゃって」

　母が洗濯してくれたときに、私のと間違えて、私もそれに気がつかずに持って帰ってしまったのだ。今度会ったときに返そうと紙袋に入れたまま、数ヶ月ほど放置していた。弟の持ち物だけど、非常事態だし勝手に貸してしまっても怒られないだろう。

　私が説明すると、保科くんは表情を柔らかくした。

「なんだ、弟さんの。先輩、弟がいたんですね」

「なかなか可愛いのよ。三つ年下だから、保科くんと同い年じゃないかな」

　生意気な子ほど可愛いものだ。保科くんに散々嫌味を言われてもなんとなく上手くやれてしまうのは、同じ年の弟がいるからかもしれない。

　私の言葉を聞きながら、保科くんは複雑そうな顔でシャツを広げた。不服そうだが、趣味に合わなかったのだろうか。けれども、非常事態なので文句は言わないで欲しい。

「お風呂、私のあとでもいい？」

「先輩の入ったあとですか」

「え、文句あるの？　誰かの残り湯とか許せない人？」

「そういう意味じゃありませんけど。……いえ、先輩がいいならいいんですが」

　保科くんはなぜか顔を赤くして、気まずそうに顔を逸らした。

　今の会話のどこに照れる要素があったのだろうかと私は首をひねる。

「マンションのすぐ隣にコンビニがあるから。私がお風呂入ってるあいだに下着とか、必要なものを買っときなよ」

　多少具合が悪くなるかもしれないけれど、パーキングが大丈夫なら、コンビニくらい行けるだろう。保科くんは頷いて、財布をポケットに突っ込んだ。

「そうさせてもらいます。部屋で待つのも落ち着きませんし」

私が脱衣所に入るのと同時くらいに、保科くんが玄関をあけて外に出て行く音が聞こえた。

せっかく湯船にお湯を溜めたのに、色々あってすっかり冷めてしまった。シャワーでしっかり埃を落として、ぬるめのお湯に浸かる。長風呂で疲れを癒そうと思ったのに、そうもいかなくなってしまった。ほどほどに身体を温めて部屋着に着替える。部屋着といっても、いつもよりはきちんとしている服を選んだ。寝るときはノーブラ派なのだけど、今日はちゃんと下着もつけておく。

濡れた髪を軽くタオルドライしてからリビングに戻ると、保科くんはもうコンビニから戻ってきていた。予想していたよりも大きなビニール袋がテーブルに置かれている。

「お待たせ。色々買ったんだね」

ごしごしとタオルで髪を拭きながら言うと、保科くんが私を見て硬直した。

「ん、どうしたの？」

「いえ、なんでもありません。俺もお風呂、お借りします」

保科くんは私と目を合わさないようにして横をすり抜けると、着替えを持って浴室へと向かった。

保科くんがお風呂に入っているあいだに、私は寝室からブランケットを持ってくる。薄手のものだが、夏場だしこれで十分だろう。

お風呂上がりって喉が渇くよね。なにか飲み物あったかな。

冷蔵庫の中身を確認すると、総菜のパックが少しと、ビールの缶が数本。明日も仕事だけど、ちょっとくらいいいかとビール缶をローテーブルに置いて、グラスに注ぐ。苦みのある炭酸を飲み干すと、生き返るような心地だった。

コップ半分までビールを飲んだところで、浴室から保科くんが出てきた。湯上がりだからか、白い肌がうっすらと赤く染まっていて、なんとなく色っぽい。

「お風呂、ありがとうございました。って、なにやってんですか」

「保科くんも飲む？」

私がビールの缶を揺らすと、保科くんは呆れたように息をはいた。

「この状況でアルコールを入れるとか、先輩は馬鹿なんですか？」

「なにさ、酔うほど飲まないわよ。明日に支障がない程度だし。それで、保科くんはいらないの？」

「いただきます。ええ、いただきますとも」

なぜかやけくそのように言って、保科くんは私の手からビールの缶を奪った。そのままコップに移すこともなく、缶に残った分をゴクゴクといっきに飲み干す。

「おお、いい飲みっぷり」

「飲まなきゃやってられない気分になったもので」

空になった缶をテーブルに置いて、保科くんは次の缶を開けた。

「まあ、今日は色々あったもんね。はぁ、明日からどうなるんだろ」

「呪いがどうにかなるまで、俺、先輩のそばを離れられないんですかね」

それは色々と困る。今日だけならともかく、長期間となるとかなり不便だ。

「とりあえず、明日は仕事の前に保科くんの家に行こうか。荷物とか取りに行かなきゃまずいよね」

保科くんは、弟のシャツと私のスウェットを履いている状態だ。どう見ても部屋着だし、スウェットにいたってはサイズが合っていないからみっともない。こんな服装で仕事になんて行かせられない。

「そうですね。荷物を持ってきて、先輩の家に置かせてもらっていいですか？」

「へ、なんでうち？」

「だって、この変な状態がどうにかなるまで、先輩と離れられませんし。俺の家に先輩が来てもいいですけど」

「え。いやまぁ、そうかもしれないけど」

当然のように提案されて戸惑う私に、保科くんは距離を詰めた。もともと狭いソファーで動かれて、腕が触れそうなほど近い。

「べつにいいじゃないですか。先輩にとって俺って、弟みたいな感覚なんでしょう？」

「うーん、まあ、わりとそういう感じではあるけど」

「ふぅん。やっぱり、そこで肯定するんですね」

保科くんは面白くなさそうに、ぐっとビールの缶を傾けた。ごくごくと勢いよく喉が動くのを見て、少しばかり心配になる。

「保科くん、ペース速くない？」

「先輩がどう思っているか知りませんが、俺、先輩の弟じゃありませんよ」

「え、そんなの知ってるけど」

「知っていてこの態度なんですか。昼間、俺に襲われかけたっていうのに、無防備すぎです。それとも、俺に襲われたいんですか？」

アルコールが回ったのか、保科くんの目がとろんとしている。熱に浮かされたような目は昼間の保科くんに似ていて、私はソファーの上で少しだけ距離をあけた。

「保科くん、酔ってる？」

「酔ってません。でも、普通ではないかもしれませんね」

「それって、あの簪のせい？」

「……そうですよ。もう、それでいいです。昼間も言いましたよね。俺、先輩に触れたくてたまらないって」

私があけた分の距離を保科くんが詰めてくる。背中がソファーのひじ掛けにぶつかった。少し充血した保科くんの目の奥に、危険な色が光る。

「我慢できる程度って言ってなかった？」

「そーですね。でも、我慢できなくなりました」

　心音が速くなる。保科くんの手が頬にかかった。振りほどけそうな弱い力なのに、雰囲気に呑まれてしまったのか、身体が上手く動かない。

「先輩が悪いんですよ。散々、俺を煽るから」

　煽ったつもりなんてない。否定する言葉は保科くんの唇によって奪われた。

　触れるだけの優しいキスじゃなく、唇を割って保科くんの舌が口内に入り込んでくる。微かにビールの味がする、苦いキス。

「うん……」

　ソファーのひじ掛けが肩に当たる。保科くんが上にのっかって、さらりとした彼の髪が私の頬に落ちた。上手くクーラーが作動してないいんじゃないかって思うくらい、身体が熱い。

　息苦しくなるまで何度も舌を絡ませてから、ようやく保科くんが少しだけ離れる。けれども私を逃がすつもりなんてないとわかるくらい、彼の目がギラついていた。

「俺が弟じゃなく男だって、わかりました？」

「……わかった、理解した。私の警戒心が足りないって忠告もわかったから、もう、どいて」

「どきませんよ。先輩も覚悟、決めてください」

　まさか、本当にこのまま、するつもりなのだろうか。

　私が目を瞬いていると、またしても保科くんの唇が降りてきた。

「うんっ、保科く……んんっ、やめとこ。あとで後悔するよ」

保科くんは今、普通ではない。私を抱きたいなんて思うのも、呪いの影響があるからだ。そんな状態で私に手を出してしまったら、あとで後悔するに決まっている。

「正気に戻ろう。私も寝室に行くから。ぅんっ」

私の言葉を遮って、保科くんは何度もキスを落とす。ひとしきり私の唇を堪能してから、焦れたような目で私を見つめた。

「先輩は後悔するんですか？」

「いや、それは……だって、保科くん正気じゃないでしょ？」

「先輩自身の問題じゃなく、俺の心配ですか。じゃあ、俺が後悔しないって言ったら、大人しく抱かれてくれます？」

保科くんは私に身体を密着させてくる。お風呂上がりのシャンプーの匂いが鼻孔をくすぐる。私と同じシャンプーの匂いだと気づいたら、急に恥ずかしくなってしまった。

こんな風に迫られているのに、それほど嫌だと思わない自分が不思議だった。

それどころか、このまま流されてしまってもいいような気もしている。

「そんなにシたいの？」

「はい。実をいえば、ずっと我慢していたんです。でも、理性で押さえるのも、そろそろ限界かなって」

保科くんは言いながら、硬くなった下腹部を私の太ももに押しつけた。

もしかして、あの呪いはそういう類のものなんだろうか。呪われてから初めて見た異性を、抱きたくてたまらなくなる――みたいな。

どうしようかと逡巡(しゅんじゅん)して、私は抵抗をやめた。

そっち方面はずいぶんご無沙汰だが、初めてというわけでもない。保科くんとするのは妙な気分だが、ひと晩の間違いくらいならいいような気もしてきた。

それに、ちょっと興味がある。保科くんがどんなふうに乱れるのか、見てみたい。

「避妊具、持ってるの？」

「さっき、コンビニ行ったときについでに買ってきました」

そう言って、保科くんはポケットからゴムの袋を取り出した。あまりの準備の良さに私は眉を寄せる。

「コンビニって、アルコール入る前じゃん」

「言ったでしょう、ずっと我慢していたって」

つまり、この部屋に来た時点で、保科くんはいくらかそういう心づもりがあったのだ。

下心があるとは予想していなかった。保科くんにかかった呪いを、私は甘く見ていたのかもしれない。

「呪いが解けたときに、後悔しても知らないよ？」

「後悔なんてしませんよ、絶対に」

勘違いしそうになるほど真剣な目をしながら、保科くんはまたしても唇を落とした。今度は私も抵抗せずに彼を受け入れる。

保科くんは何度も優しく私の唇を食んでから、ぬるりと舌を差し込んできた。じっくりと歯列をなぞられて、背中がぞくぞくする。頭がぼうっとするのは、アルコールのせいだけではない。

息苦しさに軽く彼の胸を押せば、逃がさないとばかりに指を絡めとられた。散々口内を蹂躙（じゅうりん）されて、ようやく彼の唇が離れていく。つうっと短く唾液が糸をひいた。

「まだ足りません。もっと」

熱に浮かされたように保科くんが何度もキスを強請る。

再び息ができなくなった。熱に浮かされているのは保科くんだけじゃない。いつの間にか私も、彼の行為に答えるように舌を絡ませていた。

ふたりの足が絡まり、身体が密着する。放出されない熱が高まって、身体が燃えるようだ。

「部屋、暑くないですか？」

「暑いね。クーラー、下げようか」

「必要ありません。すぐに脱ぎますから」

保科くんは、整った顔を意地悪に歪めた。

「先輩も暑いんですよね。なら、一緒に脱ぎましょう、脱がせてあげます」

保科くんは、私のシャツの裾に手をかける。シャワーを浴びたばかりだというのに、シャツは微かに肌に張りついている。ゆっくりと布を上に引きあげると、ミントグリーンのブラが見えた。

「先輩らしい、可愛い下着ですね」

保科くんに下着を見られて、顔に火がともる。新品の下着にしておけば良かったと、少し後悔をした。

私らしいとはどういう意味だろうか。まさか、ミントグリーンみたいに爽やかな人間だと思われているわけではないだろう。意図を推し量っているあいだに、シャツを頭から抜き取られてしまう。

どぎまぎしている私を、保科くんはじっと見下ろした。胸を見られているのだとわかって、私は思わず手で隠す。けれども、保科くんに腕を摑まれて、ゆっくりと胸から外されてしまった。

「隠さないでください。ちゃんと見たい」

顔を近づけられて、耳元で甘く囁かれる。保科くんの吐息が首筋にかかり、その熱さに心臓が跳ねた。まだ身体に触れられていないというのに、緊張して口から心臓が飛び出しそうだ。

「あ、あんまり見ないで」

「どうして？」

「今日、こんなふうになると思ってなくて。普段使いの下着だし」

恥ずかしさのあまりもごもごと口を動かすと、真っ赤になった私を面白がるように、保科くんは下着の淵を指でなぞった。カップからサイドボーンへと移動し、彼の指は私の背中へと回る。

「十分可愛いと思いますけど。でも、気になるなら取っちゃいましょう」

保科くんは私の背中で指を動かし、あっさりとホックを外してしまう。留め金を外された下着は浮き上がり、肩ひもが腕へとずり落ちた。

「待って、あ……」

止める間もなく下着を取り去られ、彼の眼前に私の双丘がさらされる。

遮るものがなにもなくなった上半身に視線を注がれて、羞恥でいたたまれなくなった。許可を出したはいいものの、誰かに身体を見せるのなんて本当に久しぶりなのだ。

しかも、相手があの保科くんだ。いつもみたいな毒舌で「先輩の身体、たるんでますね」なんて指摘をされたらどうしよう。

いったいなにを言われるかと私が身構えていると、保科くんはふっと甘く微笑んで、私の胸に軽くキスをした。

「先輩の身体、綺麗です」

「え……」

優しい口調で褒められて、私はぽかんと口をあけてしまった。

そのすぐあとに、じわじわと恥ずかしいような、嬉しいような、不思議な感覚がせりあがってくる。

けなされるよりはいい。けれども、まるで恋人に向けるような、甘い表情はなんなのだ。

「先輩、胸、触りますね」

胸の淵をなぞりながら、保科くんが許可を取る。私がゆっくり頷くと、彼の手は膨らみへと移動した。手の平で押しつぶすように全体をこね、その感触を堪能する。

保科くんの動きにあわせて形を変えるのがなんともいやらしくて、恋人でもない相手とこんな行為をしているのだという背徳感が、私の身体を敏感にしていく。

胸全体を優しく揉みしだかれて、呼吸が荒くなる。触れられた場所がじりじりと焦れる。

それでも、声を聞かれるのは恥ずかしくて必死に耐えていた。

けれども、保科くんの指が胸の先端へと伸びると、あっけなく口から声が洩れる。

「あっ」

二本の指で先を摘まれて、ぴくりと身体が跳ねた。

私の反応を見て、保科くんは薄く笑みを浮かべる。

「やっぱり、ここは敏感なんですね」

保科くんは楽しそうに、今度はその部分を重点的に攻め始めた。人差し指で優しく円を描くように転がされ、かと思うと、突然強く摘まれる。そのたびにジンと痺れるような感覚に翻弄されて、口から何度も声が出てしまう。

「俺の手で先輩が感じてくれてるなんて、夢みたいです」

私の胸を弄ぶ保科くんも、興奮しているのか息が荒い。保科くんの言葉通り、私の身体は彼の手に敏感に反応してしまっている。初めは柔らかかった先端が、もっと触ってくれとばかりに立ち上がって、ぷっくりと赤く膨らんだ。

「あ、あんまり言わないで」

保科くんに乱されているのが恥ずかしくて、私は彼から視線を逸らす。すると、目を背けるのは許さないとばかりに顎を掴まれて、唇を重ねられた。

「んっ」

「先輩、ちゃんとこっち、見ててください。先輩が誰に抱かれるのか、ちゃんと見て」

至近距離で私の顔を覗き込む保科くんは、ギラついていて肉食獣のようだ。

普段からは想像できない、男を感じる表情。ここにいるのは会社の後輩ではない、保科隼人というひとりの男性なのだと意識させられてしまう。

保科くんは私の身体を触りながら、もどかしげに自分のシャツも抜き取った。貸したばかりのシャツが無造作にリビングの床に落ちると、予想したよりも逞しい身体が見える。普段は線が細いと思っていたけれど、その身体つきは間違いなく男性のものだった。

私の胸を撫でていた保科くんの手が、下腹部へと移動していく。臍を通過したあと、スウェットのゴムで停止した。保科くんは邪魔だとばかりにウエストを掴むと、いっきにずりさげる。

「ひゃっ」

ショーツ一枚の姿にされ、私は小さく悲鳴をあげる。ブラとおそろいのミントグリーンのショーツは、中央に小さなリボンがついていて、ちょっと気に入っている。

保科くんは私のショーツに目を落とすと、クロッチ部分に指を這わせた。

「んっ」

つるりとしたサテン生地越しに、保科くんの指を感じる。ショーツの上からだというのに、その部分をなぞられた瞬間、くちゅりと微かに水音が鳴って、私は顔を赤くする。

「先輩、濡れてる」

「い、いちいち言わないでってば」

気づいていることを指摘されて、私は思わず食ってかかった。こんなにも乱されているのだと知られるのは、恥ずかしくてたまらない。

こちらのほうが年上で先輩なのだから、もっと余裕のあるところを見せたいのに、私の心には余裕なんて欠片も残っていなかった。

「言葉にされるのは嫌なんですか?」

「保科くんに言われるのは、嫌」

「俺にはって、どういう意味です」

「だって、保科くんは後輩だし、年下だし……恋人ってわけでもないし」

そもそも、保科くんがこうして私に欲情しているのだって、呪いの影響なのだ。

この行為は単なる性欲の解消。それがわかっているのに、翻弄されてしまう自分が情けない。

「俺が恋人じゃないから、だめなんですか」

「あっ、んんっ」

私の言葉を責めるように、保科くんはクロッチの横から指をねじ込んできた。

もう何年もご無沙汰だった蜜口に、いきなり指を挿れられて、私は身体を震わせる。狭く閉じていたその場所は、けれども十分濡れていたこともあって、あっけないほど簡単に彼の指を受け入れた。

保科くんは私の反応を見ながら、ゆっくりと指を上下に動かし始める。そのたびに、ぐじゅぐじゅといやらしい音が鳴る。ただの後輩である彼に、こんなにも反応してしまっているのだと責められている気分になった。

保科くんは切なげな目で私を見下ろしながら、誘惑するように耳元で囁く。

「ねえ、先輩。だったら、俺の恋人になってくれません？」

「え？」

保科くんの提案に、私は目を瞬いた。

保科くんの恋人になるって、私が？

「なに言ってるの。恋人って、恋愛感情もないくせに」

保科くんが私のことをなんとも思っていないのなんて、普段の態度を見ていればわかる。

もちろん、彼の心の中を見通すことなんてできないけれど、少なくとも、普段の会話からそういう匂いを感じたことはなかった。

「ありますよ、恋愛感情。俺は今、先輩が可愛く見えて仕方ないんです」

「あっ！」

保科くんは、私の中に入り込む指を二本に増やした。真面目な話をしているのに、そんな場所を刺激されながらでは、まともな思考が働かない。

「こうやって、先輩が甘い声をあげてくれるのが、嬉しくてたまらない。先輩を独占したいんです。これは紛れもなく、恋愛感情だと思います」

私を見下ろす保科くんの目は、愛しい恋人に向けるように甘い。保科くんをそういう対象として意識したことがない私でさえ、思わずドキドキしてしまうくらいの甘さだ。

恋情を感じる目で見つめられながら、身体の中心を解されて、まるで自分が保科くんの彼女にでもなったような気にさせられる。

そもそも、保科くんは顔がいいのだ。優しく身体を溶かされながら情熱的に求められて、ときめかないほうがおかしい。

「保科くん、あっ、それは呪いのせいで、あっ、あんっ」

保科くんの感情は呪いの影響だと伝えたかったのに、保科くんの指は私の中の敏感な場所を刺激して、まともに言葉を紡がせてくれない。

それでもどうにか言いたいことは伝わったらしく、彼は私の言葉に頷いた。

「そうかもしれません。それでも今俺は、先輩が愛しくてたまらない」

「保科く、んんんっ」

　もうなにも言うなとばかりに、保科くんはキスで私の言葉を塞ぐ。

　舌を絡めとられながら、節くれだった指で柔壁をかきまわされれば、このまま雰囲気に流されてしまいたくなる。保科くんもそれを狙っているのか、私に思考する暇も与えないくらいに激しく指を動かし始めた。ふたり掛けの狭いソファーが、ギシギシと音を立てて揺れる。

　キスの合間に洩れた喘ぎは、再び唇で塞がれる。少なくなっていく酸素と共に、身体の奥に熱が溜まっていった。口内を這う舌が、身体をかきまわす指が、気持ち良くてたまらない。

　じわじわと高められていく快楽は、すぐにも弾けそうになっていた。大きな波がやってきそうな予兆がする。快楽の頂点に連れていかれる、あの感覚。

　内側を二本の指で叩かれながら、ショーツ越しに敏感な尖りを押しつぶされて、快楽の波が弾けた。全身に力が入って、強すぎる快楽から逃れるように私はソファーの淵を強く摑む。

　目の前がチカチカするような刺激が走り抜けると、全身からどっと汗が噴き出す。

　私が達したのを確認して、ようやく保科くんの唇が外れた。

「先輩。ベッドに行きませんか？　早く先輩とひとつになりたい」

　保科くんの下腹部は、衣服越しでもわかるくらい膨らんでいた。

ずるりと指を引き抜かれて、私の内側が埋めて欲しいとばかりに切なく疼く。頷くと、保科くんはすかさず私の背に腕を回して、身体を抱きあげた。

「保科くん、降ろして！　自分で歩ける」

「先輩、暴れないで。危ないですよ」

私を横抱きにしながら、保科くんは涼しい顔で部屋を移動する。背中に回った腕は、思った以上に安定していて逞しい。そんなに力があるように見えないのに、軽々と私を運ぶことができるのかと驚いた。

保科くんはベッドまで私を運ぶと、優しくその上に横たえた。ほとんど役に立たなくなった私のショーツも足から抜き取る。一糸纏わぬ状態にされて、私は咄嗟にブランケットで身体を隠した。

保科くんはそれを咎めることもなく、自らも衣服を脱ぎ捨てて、パッケージからゴムを取り出して装着する。

準備をすませると、保科くんはよいしょとベッドに上がりこんできた。シングル用のベッドはふたりで使うとかなり狭い。彼はベッドの端に膝をつくと、胸までブランケットをかぶった私の上に覆いかぶさった。

「先輩、それ、離してください」

「う、うん」

ここまできて、抵抗するのも馬鹿らしい。保科くんに言われるまま、私は身体を隠して

いたブランケットから手を離した。すかさず保科くんがブランケットをはぎ取ると、なにも身につけていない身体がさらされる。

胸はもちろん、臍やその下の茂みまで保科くんの視線が注がれて、身体が熱くなる。

彼の目から逃れるように顔をあげると、保科くんの身体が見えた。色は白いのに、きちんと筋肉がついているのがわかる胸板。仕事で重い荷物を持ち運ぶこともあるからか、腕はかなり逞しい。綺麗に窪んだ臍から視線を下ろすと、逞しく反り返った男根が見えた。

薄いゴムを被せたソレは、かなり大きいような気がする。

保科くんは私の足のあいだに身体をねじ込ませると、入り口に硬いソレを押しあてる。

「挿れます。いいですよね？」

許可をとるようで、拒絶を許さない強い口調だった。

私が頷くやいなや、保科くんが待ちきれないとばかりに体内に割り入ってくる。

「あっ……んっ……」

「先輩のナカ、きつ……」

こういった行為は数年ぶりだ。閉じきっていたその場所を、保科くんは強引に押し進む。

十分慣らされていたので痛みはなかったが、圧迫感がすごい。息を止めるとより苦しいことになると知っていた私は、ゆっくりと息をはきながら、最後まで彼を受け入れた。

「全部、入りました」

保科くんの眉はきゅっと寄っている。興奮で荒い息をはく彼の表情が信じられないくらい色っぽくて、目が離せなくなる。

私がじっと保科くんを見つめていると、彼もまた私の顔を見つめ返した。保科くんの手の平が頰を撫で、唇が重なる。

「先輩」

キスの合間に、保科くんは私を呼んだ。仕事で呼びかけられるときと同じ言葉なのに、声の響きがまるで違う。

切なげに呼ばれると、胸のあたりが苦しくなって、お腹の中の彼をきゅっと締めつけてしまう。保科くんの身体がぴくりと跳ねて、その先を求めるかのように、ゆっくりと律動を始めた。

「先輩、好きです、先輩」

「保科くん、んむっ」

その気持ちは呪いのせいだ。否定の言葉を口にする前に、保科くんの唇で声を奪われる。

必死になって舌を絡ませながら、保科くんは私の身体を攻めたてる。腰を打ちつける動きは激しいのに、私に触れる保科くんの手はどこまでも丁寧で優しい。

私を見下ろす彼の目には恋情がくっきりと浮かんでいて、何度も繰り返されるキスは、恋人同士の交わりのようだ。ただの性欲の解消。そう思って、好奇心からオーケーしただけだというのに、この熱情はなんなのか。

「あっ、んんっ、あぁ！」

私の感じる場所を探るように、彼は何度も角度を変えて突きあげる。彼のモノは大きくて少し苦しいと思ったが、慣らされてしまえば、気持ちがいいとしか思えなかった。

気がつけば、私は彼の背中に腕を回してしがみついていた。保科くんの硬い胸板で、私の胸が押しつぶされる。そんな小さな刺激さえ身体は敏感に拾いあげて、さらなる高みへと連れていかれる。

保科くんが腰を動かすたびに、ベッドのスプリングが軋(きし)んだ音を立てる。扉をあけ放しているのに、リビングのクーラーはこの部屋にまで届いていないのか、身体を支配する熱がまるで冷めない。保科くんと繋がった部分がどうしようもなく熱いのに、もっと熱が欲しくなる。

「先輩。俺に足回して、もっと、ひっついて」

ただでさえ密着しているのに、保科くんはさらに隙間を埋めようとする。言われるまま、私は彼の太ももに足を回した。すると、角度が変わって保科くんのモノがさらに奥まで入り込む。深く繋がった状態で、保科くんは激しく腰を振った。

「あっ、はん、あああっ」

理性はとっくに焼き切れて、与えられる刺激を受け入れることしかできなかった。体中から汗が噴き出して、それでも、声は止まらない。暑さで乾いた喉から洩れる声は、自分のものではないかのように、甘く媚(こ)びて保科くんを求めていた。

ぐちゃぐちゃになった下腹部からは、絶えず水音が聞こえてくる。汗ではない液体で滑りが良くなったその場所は、もっと深く、貪欲に彼を飲み込んでいく。

深く突きあげられるたび、子宮の奥に快楽が溜まっていった。逃げ場のない熱が、下腹のあたりでぐるぐると渦巻いている。

「っ、先輩、もう……」

保科くんがきゅっと眉根を寄せる。終わりが近いのだとすぐにわかった。私は無言で彼の背に回した腕に力をこめる。

保科くんの律動がいっきに速くなる。荒く熱い息をはきだしながら、彼はじっと私の顔を見つめていた。

愛しい恋人を見つめるような視線に、鼓動が高鳴る。気持ちの置き場がなくて戸惑う私を、なにも考えるなとばかりにかきまわした。

身体の奥、子宮の入り口のあたりを何度も突かれて、わずかな戸惑いも霧散する。

「あっ、んっ、保科くん、私も……」

限界はもうそこまで来ていた。保科くんもそれを感じとり、いっきに私を追いつめる。

呼吸が浅く短くなり、音を立てて激しく肌がぶつかった。

ひときわ大きく奥を突かれると、熱の塊が弾けて全身へと広がる。脳が痺れるような快楽が身体をかけまわり、体内の彼をきつく締めあげた。ほとんど同時に保科くんも何度か身体を震わせて、私を巻き込んでベッドの上へと倒れこむ。

快楽の波が過ぎ去ると、全身から力が抜けた。

心地良い虚脱感に浸っていると、頬に軽く保科くんの唇が触れる。

「先輩、可愛かったです」

蕩けそうな目で見つめられて、戸惑いが再び鎌首をもたげた。

なんとなく、流れで受け入れてしまったが、どう考えても今の彼はまともではない。

保科くんは、こんな甘い言葉で口説いてくるような男ではなかったはず。

「保科くん、呪い、大丈夫なの？」

「大丈夫じゃないので、先輩はもっと俺のそばにいてください」

心配して声をかけると、保科くんは甘えるように私の身体にすりよってきた。

その仕草が可愛くて、思わず胸がキュンとする。けれども、ときめいている場合ではない。

「それ、絶対に大丈夫じゃないよね？」

「先輩のことが愛しくてたまらないこと以外は正常なので、日常生活には問題ないと思います」

「問題ありまくりだよ！」

どう考えても問題しかない。私は思わず叫んだが、保科くんは私ほど事態を深刻に考えていないらしく、軽く肩をすくめただけだった。

「先輩が俺とつきあってくれたら、問題ありません」

保科くんは私の首に腕を回して、恋人にするようにキスをしてくる。その圧倒的に甘い空気に、私は目を白黒させた。

「呪いのせいですかね。先輩とひっついていないと、精神が落ち着かないんです。だから、しばらくのあいだ、今日みたいに俺につきあってくれませんか？」

「つきあうって……」

それってつまり、また、こうして肌を重ねて欲しいということだろうか。

もしかして、呪いが解けるまで、ずっと⁉

「俺とのセックス、先輩も満更じゃないって感じでしたよね」

「なっ」

たしかに、満更ではなかった。満更ではないどころか、かなり気持ち良かった。

見透かされて、顔が熱くなる。

「呪いが解けるまで、俺は先輩から離れられないんです。先輩、俺を助けてくださいよ」

乞われて、私はどうするべきか悩む。断るのなら、最初に誘われた時点で拒絶すべきだった。ここまで受け入れてしまったら、回数が増えたところでそう変わらないような気もする。

それに、彼が言う通り、セックスは気持ち良かったのだ。

「呪いが解けるまでだけだから」

私が渋々そう言うと、保科くんはパッと顔を明るくしたのだった。

アラームの音で意識が覚醒する。音を止めようと手を伸ばしたところで、手のひらが温かいものにぶつかって私は慌てて目を覚ました。

ああそうか。昨日、保科くんとヤっちゃったんだ。

お互いに裸で同じブランケットにくるまっているというこの状況が、なんだか妙に気恥ずかしい。昨夜のことを思い出して、私はぶんぶんと首を左右に振った。

もっとこう、欲望の消化といった行為を想像していたのだ。けれど、保科くんは性欲の解消というにはずいぶんと甘かった。まるで恋人にするような言動を思い出して、私は大きく息をはく。

勘違いしないようにしないと。簪の呪いの影響で、保科くんは私への感情がおかしくなっているのだ。

そもそも、昨日まで保科くんはそんな素振りを少しも見せなかった。私のことを可愛いとか好きだって言うのも、呪いの影響を受けているからに違いない。

アラームを止めると、穏やかに眠る保科くんの顔を見下ろした。

こうして眠っていると、なんだかあどけなく見える。

可愛いなと不覚にもキュンとしてしまい、慌てて感情を打ち消した。

「保科くん、朝だよ。起きて」

「うん……もう少し……」

「寝かせてあげたいけど、着替えも取りにいかなきゃでしょ？　そろそろ起きないと」

「ん……？」

身体を揺さぶると、保科くんはゆっくりと目をあける。

私と目が合うと、蕩けるような甘い表情で、ぎゅっと私を抱きしめてきた。

「おはようございます、先輩」

「ちょっと、こら、放してっ」

「先輩、冷たくないですか？　昨夜はあんなにも積極的にしがみついてくれたのに」

「あ〜〜っ、もう、そういうことを言わない！　ほら、起きる！」

私は強引に保科くんを引き剝がした。一線を越えてしまったことで、保科くんとの距離感がまだ摑めない。

いつまでも裸でいるのは恥ずかしかったので、私は慌てて落ちていた服を着た。そのあいだ、保科くんはベッドの中でにやにやと笑っている。

「保科くんも早く着替えなよ」

「ん……もうちょっとだけ。なんか、いいですよね。朝起きたとき、先輩が近くにいてくれるって」

まるで彼氏のように甘い台詞をはいて、保科くんは幸せそうに笑った。

今までと全然違う様子に、本当に調子が狂ってしまう。

「早く準備して。店に行く前に、保科くんの家に寄らなきゃなんだから」

気恥ずかしさを誤魔化すように、私は早口で保科くんを急かした。

洗面所に移動して軽く化粧をし、身なりを整える。支度をしてリビングに戻ると、保科くんは珈琲を淹れて私を待ってくれていた。

「キッチン、勝手に借りましたよ」

保科くんはダイニングテーブルに、マグカップと袋に包まれたサンドイッチを置く。

「どうぞ。昨日、コンビニで買ったものですけど」

「ありがとう」

袋からサンドイッチを取り出して口に含む。卵とサラダの組み合わせは好きだ。

保科くんは私が身支度をしているあいだに食べ終わったのか、珈琲を飲みながら、にこにこと食事をする私を見つめていた。

「見てて楽しい？　あんまり見られると食べにくいんだけど」

「先輩を見ているのは楽しいですよ。できればずっと眺めていたい」

保科くんから放たれる空気が甘い。呪いが強くなっているんじゃないだろうかと不安になる。

居心地の悪さを感じて、私はほとんど嚙まずに手早くサンドイッチを食べ、珈琲を流し込んだ。

「保科くん。できればそういうの、やめて欲しいんだけど」

「そういうのって?」

「なんていうか、私を好き、みたいな感じに言うの」

保科くんは不思議そうに目を瞬いた。

「昨夜も言いましたが、俺は今、先輩が可愛く見えて仕方がないんです」

「呪いのせいでそうなっているのはわかってる。でも、本当に調子が狂う」

「諦めてください。言葉を我慢するほうが辛いんですよ。人前では気をつけますから」

「本当に気をつけてよ？」

呪いのせいでこんな感じになっているが、私たちは恋人というわけではないのだ。周囲に誤解されたくないし、なにより職場でこんな甘い空気を出されてはたまらない。

「職場では我慢しますから。ふたりのときくらいは、くっつかせてください」

保科くんはそう言うと、懇願するように私の手を摑んで、その甲にちゅっとキスをする。

私は動揺を誤魔化すように、大きく咳払いをした。

「保科くん。私、保科くんの彼女じゃあないんだけど」

「今だけでいいって言ったじゃないですか。呪いが解けるまでのあいだだけ、俺につきあってください」

「私の心臓が持たないんだよ。保科くんのことを好きになっちゃったらどうしてくれるの」

「そのときは責任をとって彼女にしますから、安心してください」

保科くんは楽しそうにそんな提案をする。けれども、私はちっとも安心なんてできなかった。

なにせ保科くんは、呪いで感情がおかしくなっているだけなのだ。今は彼女にしたいなんて思っていたとしても、呪いが解けたら元に戻るに決まっている。

そんな相手を好きになってしまったら、悲惨ではないか。

絶対に絆(ほだ)されないように気をつけようと固く誓って、私は保科くんと家を出た。

2　京都にて

保科くんの家に寄って、身支度を整えてから職場へと向かう。

神島古物商店は神田駅から少し離れた場所にある、古びた雑居ビルのテナントを借りている。ビルの隣は月極の駐車場になっていて、そのうち三つをうちが使っているのだ。

薄くなった白線を見ながら、保科くんは器用に一度で軽トラを停めた。車から降りると、まだ朝だというのに蒸し暑い。アスファルトの照り返しが肌を焼き、見える場所に木なんてないのに、遠くのほうでセミが夏の名残りを惜しむようにけたたましく鳴いている。

ビル一階にある年代を感じる洋食屋、その隣のガラス戸をあけて中へ入る。銀色の無機質なエレベーターで三階に上がると、神島古物商店に到着だ。店名のステッカーが張られたガラス戸をあけると、カランと小さくベルが鳴った。ドアの向こうは、小さな待合室と買取りカウンター。

うちは買取り専門なので、店での販売は行っていない。右手には大きな取引のための相談室があり、カウンターの奥はデスクが並んだ事務所になっていて、買い取ったばかりの品や鑑定中の品がそこかしこに置かれている。四階も神島古物商店が借りているが、そっちは倉庫として使われている。

「おはよう、三枝さん、保科くん。ふたりそろって出社なんて珍しいね」

カウンターのずっと奥のデスクで、腕時計を磨いていた店長が、入ってきた私たちを見て目を丸くした。

温和な雰囲気のある彼は、名前を神島鷹志（かみしまたかし）といって、この神島古物商店の二代目だ。といっても店長はかなり若くにこの店を継いだらしく、前の店長に私は会ったことがない。年はまだ三十半ばの働き盛り。癖のついたくしゃっとした髪はなんとなく愛嬌（あいきょう）があって、親しみやすい。店長をしているだけあって、うちの店で一番の目利きだ。

「おはようございます。昨日電話で報告した件で色々とありまして」

「ああ、例の簪（かんざし）だっけ。それは持ってきたの？」

店長はカウンターへと歩いてきた。保科くんが鞄（かばん）にしまってあった桐箱（きりばこ）を取り出して、カウンターの上に置く。相変わらず桐箱からは、黒いモヤが滲（にじ）んでいる。

「中を見てもいい？」

「できれば箱をあけるのはやめて欲しいです。呪いが強くなるみたいなので」

昨日、蔵で暴走したときのことを思い出してか、保科くんが待ったをかけた。この場でいきなり保科くんに襲い掛かられたらたまらない。私もぶんぶんと首を縦に振って、あけないほうがいいと後押しする。

「そっか。じゃあ、中を見るのはやめておこうかな」

「私の目には、その箱から黒いモヤが出ているように見えるんですが、店長にはなにか見えていますか？」

このモヤは、保科くんには見えていないらしい。店長はどうだろうかと思って問いかけると、彼は首を左右に振った。

「残念ながら、僕にはただの桐箱に見えるよ。三枝さんってもしかして、霊感とかあるタイプ？」

「まさか。こんな経験、今回が初めてですよ」

今まで幽霊なんて見たことがないし、オカルトな現象に遭遇したのも初めてだ。霊感があるどころか、こういった超常現象についても、否定的な立場だったのに。

「三枝先輩も被害者みたいなものなので、その関係で見えているのかもしれませんね」

「被害者？　呪われたのは保科くんなんだよね？」

「そうなんですけど、その場に居合わせたからか、三枝先輩も少し関係しているんです」

保科くんは細かい部分はぼかしながらも、私から離れると具合が悪くなってしまうということを店長に伝えた。話を聞き終わって、店長は目を瞬いて私と保科くんの顔を見比べる。

「なるほど。ってことは、一緒に出勤してきたのってそういうこと？」

「変な勘ぐりはやめてください。あくまで俺の体調を優先して、三枝先輩がつきそってくれただけです」

「ほぉ、へぇ。なるほどねぇ」

店長は保科くんの顔を見て、にやにやと笑う。実際、やましいところがある私は気が気ではない。できるだけポーカーフェイスを意識して唇をひき結んだ。

「笑いごとじゃありませんよ。先輩と距離が離れすぎたら、身体が動かなくなって倒れる可能性があるんです。なので、呪いが解けるまで仕事は先輩とペアで動けるよう配慮してください」

「そりゃあかまわないけど。でも、どのくらい離れると問題が起きるの？」

「近ければ近いほど楽ですが、五十メートルくらいまでは大したことはありません」

「良かった。じゃあ、ひとりでトイレも行けないというような事態ではないんだね」

トイレ休憩のたびに保科くんにつきそわれるところを想像して、私はげっと舌を出した。そんなことにならずに済んで良かったのは、不幸中の幸いかもしれない。

「とはいっても、従業員がそういう状態っていうのは見過ごせないよね。仕事中の事故でもあるし。ふたりとも直近でなんの仕事が入っていたっけ？」

「私は今週いっぱい、店舗勤務ですね」

「俺は明日、出張買取りがありました」

私たちが答えると、店長は手帳を取り出してパラパラと開いた。

「店は僕が対応するよ。で、明日の保科くんの買取りは別の人間に行ってもらう。だからふたりとも、まずその呪いをどうにかすることを優先して」

店長はパタンと手帳を閉じると、ごそごそと自分のデスクを探り始めた。小さな黒い名刺ファイルを取り出してめくり、その中の一ページで手を止める。

「ああ、あった。これだ」

店長はファイルから一枚の名刺を抜き取って、テーブルの上に置いた。

「霊媒師、門崎心太（かんざきしんた）？」

名刺に書かれた名前を読みあげて、私と保科くんは顔を見合わせた。

「霊媒師って、信用できるんですか？」

「僕もね、前に厄介な品に当たったことがあるんだ。そのときに助けてくれた人なんだよ。アポをとってみるね」

店長は名刺に書かれた番号に電話をかけた。電話の相手に私たちの事情を話してから、何度も頷（うなず）いている。

何事かの約束をとりつけてから通話を切って、店長は私たちに向き直った。

「相談に乗ってくれるって。良かったね」

「それじゃあ俺たちは、今からその人のところに向かえばいいんですかね？」

「うん。出張費は店から出すし、時間がかかりそうなら明日の業務は気にしなくていいから。呪いを解くことを優先しておいで」

「出張費？」

私は目を丸くしてから、あらためて名刺を見る。名刺に書かれていた住所は、京都だった。


　私と保科くんは東京駅から新幹線に乗って京都へと向かった。横並びの席に座って、流れていく景色を眺める。

　あのあと、店長がクライアントにも連絡をとって、例の簪の持ち出し許可をとりつけてくれた。オカルトな話は信じてもらえない場合があるので、あくまで詳しい鑑定をするためという名目でだ。ゆえに、簪を破損させることはできない。

「京都ですか。ここまで遠い出張は珍しいですよね」

　うちの店は出張買取をおこなっているが、対応範囲は関東に限定している。店長が時々遠くまで買いつけに行くが、私たちはまず関東から出ることはないし、移動も車がほとんどだった。

「なんだか保科くん、嬉しそうじゃない？」

「え、だって。先輩とふたりで旅行に行くみたいじゃないですか」

「旅行じゃないから。これも仕事みたいなものだから」

　保科くんは私の言葉を無視して、ぎゅっと私の手を握った。

「保科くん！」

「ふたりきりなんですし、いいじゃないですか」

「いや、新幹線だから。他にお客さんがいるし」

「知り合いはいないでしょう？　見られて困る人はいないから、問題ありません」

保科くんはそう言うと、私の指のあいだに指を絡ませる。密着度が増えて私はどきまぎしてしまう。

「手、汗かいてるから……」

「気になりませんよ。手くらい、いいじゃないですか。もっとひっつきたいのを我慢しているんですから。それとも、もっとひっついていいんですか？」

ぐいぐいと迫ってくる保科くんに、心の中で悲鳴をあげる。

呪いの影響だってわかっているけれど、本当に心臓に悪い。

「手だけ、手だけね。手だけで我慢しておこうか」

「わかりました。手だけですね、残念」

残念って、もし許可を出したら新幹線の中でなにをするつもりだったのだろうか。

私がため息をはきだすと、繋（つな）がった手を保科くんの指がするすると撫（な）でた。ゆっくりと、指の形をたしかめるみたいになぞられて、昨夜の行為を思い出してしまう。

「っ、保科くん！」

「なんですか？　約束通り、手しか触っていませんよ」

その触りかたがいやらしいのだ。そう文句を言いたかったけれど、言ってしまうと意識している自分が過剰な気もして、結局言葉を紡げない。

私が文句を言わないのをいいことに、保科くんは新幹線に乗っているあいだ、私の指を撫で続けた。

京都駅で降りると、正面に白く細長い京都タワーが見えた。さすがは観光地なだけあって、駅ではそこかしこに京都土産が売られている。八つ橋や抹茶のお菓子、漬物なんかを横目で見ながら、アーチを描いた高いガラス天井の通路を抜けて、地下鉄烏丸線へと乗り換える。

烏丸駅についてから門崎さんに連絡すると、とある喫茶店での待ち合わせを提案された。なんでも、門崎さんは事務所を持っていないらしい。霊媒師という特殊な職業なのだから、そんなものなのかもしれない。

「霊媒師なんて、本当に信用できるんですか？　ちょっと胡散臭いですよね」

待ち合わせ場所に向かいながら保科くんが呟く。

「うーん。でもまぁ、店長の紹介だし」

霊媒なんて職業は、あまり一般的ではないだろう。けれども、実際に呪いなんていうおかしな現象が起きたのだ。霊媒というお仕事があっても不思議ではないのかもしれない。

烏丸駅周辺は高いビルが立ち並び、東京のような雰囲気だった。それでも筋を一本中に入ると、京都らしい風情のある店が増える。

地図を見ながらたどり着いたのは、和洋が上手く調和したモダンな雰囲気の喫茶店だった。漆喰(しっくい)の壁に黒い柱、窓には木格子がはまっている。調度品も全部がレトロで、大正ロマンを感じるような内装だ。席がすべて半個室みたいになっていて、天井から吊(つ)り下げられたお洒落(しゃれ)なペンダントライトが、薄暗い店内を照らす。最近多いチェーン店ではなく、個人のオーナーがやっている喫茶店なのだろう。入り口付近では珈琲(コーヒー)豆の販売もしていて、ドアを開いた瞬間に独特の香ばしい香りが鼻をかすめた。

店の中に入って、到着しましたとメッセージを送る。すると、すぐさま最奥の窓際の席にいると返事があった。見ると、ひとりの男性がひらひらと手を振っている。黒いシャツにジャケットを羽織った、オフィスカジュアルな服装の男性だ。なんとなく、霊媒師って和服を着ているようなイメージがあったのだが、どこからどう見ても普通の成人男性だ。年の頃は三十代前半くらいだろうか。軽くブリーチをした茶髪がお洒落ですらある。夏だというのに手袋をつけているのが印象的だった。

「どうも、初めまして門崎です。君たちが神島さん紹介のふたりだよね？」

神島は店の名前でもあり、店長の苗字でもある。私は頷いてから軽く頭を下げた。

「初めまして。神島の店で働いています、三枝です」

「同じく、保科です。今日はよろしくお願いします」

門崎さんに促されて私たちは席へと座る。すぐさま店員が注文を取りに来たので、私はメニューに目を落とす。豆を販売しているだけあって、ドリンクは珈琲が中心だ。けれども京都らしく、抹茶ラテなんかも飲めるらしい。

「ここの店はブレンドが美味しいんだよ。ブラックで飲んでも、ミルクを入れてもいい」

門崎さんは先に注文をすませていたようで、彼の席には既に珈琲が置かれていた。おすすめされたので、店員さんにブレンド珈琲を頼む。保科くんも私と同じものを注文していた。

「たしかに、いい香りですね。この店にはよく来るんですか？」

「依頼があったときは、だいたいこの店で聞くようにしている。もちろん、プライベートで来ることもあるけど」

「こういう依頼って、結構あるものなんですか？　その、オカルト的な」

「あるところにはある、って感じだな。といっても、公に依頼を募集してるわけじゃないから、知り合いの不動産関係者からの紹介がほとんどだけど」

はたして霊媒なんて職業が仕事として成り立つのか不思議だったが、お得意様のような取引先があるらしい。

「不動産関係者の依頼？　不動産屋が霊媒師に依頼をするんですか」

「意外と多いんだよ。霊が出るからって理由で売られてきた家とか、事故物件とか、そういうわけありの調査。まあ、心霊現象じゃないことも多いんだけど」

「霊が原因じゃない？」

「ああ。たとえばラップ音なんかは、湿気や温度の変化で軋(きし)んでいるだけってこともあるし、いつの間にか住みついた小動物の仕業ってこともある。実際、霊的なものが原因じゃないことのほうが多いくらいだ。幽霊の正体見たり枯れ尾花、ってやつ」

不気味な出来事はなんでも心霊現象と結びつけてしまいがちだが、全部がそうというわけではないらしい。どうやら彼は、単純に除霊だけしているわけではなさそうだ。

「じゃあ、門崎さんは不可解な現象の原因がなにかを調査する仕事ってことですか？」

「いや、原因の追究はまた別の人に頼んでいる。俺は霊媒だから。まず現場に行って、その案件が心霊現象かそうじゃないかを調べるのが仕事」

「その案件が心霊現象かそうじゃないかって、どうしてわかるんです？」

私が尋ねると、門崎さんはちょっと困った顔をした。

「うーん。その辺は感覚的なものなんだ。それこそオカルトな部分だから信じてもらえないこともあるんだけど、霊的な存在がいる場合は、それが見えるんだよね」

「霊感があるってことですか？」

「まあ、平たく言えばそういうこと」

私と保科くんは顔を見合わせた。半信半疑。お互いにそんな感情が顔に出ている。

そのタイミングで店員がやってきて、テーブルに珈琲を置いていく。注文がそろったところで仕切り直しとなった。

「それで、今回の依頼は簪だったっけ」

「はい。俺がそれに触った瞬間、なんていうか、変な感覚にとりつかれたんです」

「具体的に聞いてもいい？」

尋ねられて、保科くんは返答につまった。私を襲ってしまったとは、彼の口からは話しづらいだろう。私は保科くんに代わって口を開く。

「その場に私も居合わせたんですが、なんというか、私に触れたくなったそうです」

「……なるほど。他にもなにか症状が？」

「ヤバイと思って、すぐに簪を箱にしまいました。で、その箱を置いて帰ろうとしたら、ある程度距離があいた時点で具合が悪くなってしまいました」

私の言葉を引き継いで、保科くんがそのときの状況を説明した。

「具合が悪くなるって、吐き気とか？」

「吐き気と眩暈ですね。あと、心臓のあたりが痛い感覚もありました。それで仕方なく、簪を持ち歩くことにしたんです」

それと同様の現象が、私から離れた場合も起きることをつけくわえる。門崎さんは真剣な表情で話を聞き終えてから、大仰に頷いた。

「ということは、今もその簪を持ってるんだよね。見せてもらってもいい？」

「はい」

保科くんは頷いて、鞄の中から簪の入った桐箱を取り出す。テーブルに置かれた桐箱には、相変わらず黒いモヤがまとわりついている。

「ああ、たしかに。結構ヤな感じがあるね」

「わかるんですか？」

「なんとなくだけどね。でも、触ればもっとわかるよ。簪に触れてもいい？」

「症状が重くなるので、できれば箱をあけたくないんですが」

保科くんがやんわりと拒絶するが、門崎さんは首を左右に振った。

「申し訳ないけど、触らないとあんまり情報が得られないんだよ。ちょっと触れて、すぐに元通りにしまうから」

「わかりました。少しだけなら」

保科くんが頷くのを見て、私はちょっと心配になった。

「大丈夫？」

「たぶん。念のため、手を握っていてもいいですか？　接触があると少しは暴走が落ち着くかも」

「わ、わかった」

私は戸惑いながら、机の下で保科くんの手を握った。人前で、しかも真面目な話をしているときに恥ずかしいが、仕方がない。

門崎さんは私たちの行動になにを言うでもなく、真面目な顔で桐箱をあけた。中には簪を包んだ古紙の塊と、霊符と手紙が入っている。

「これは？」

「もともと箱の中に入っていました。どういう意図のものかわかりますか？」

　門崎さんは手袋を外して霊符を持ちあげ、興味深そうに眺めた。

「護符だね。陰陽道の呪い返しの型に似ているけど、詳細はちょっとわからないかな。中国の道教に詳しい人間なら符の意味がわかるかもしれないけど……あいにく専門外で。まぁ、たぶん簪を抑え込むために誰かが描いたんだろうね。ただ、破れているからかな、効果は切れているようだよ」

「わかるんですか？」

「触っても力を感じないから。もうこれはただの紙だ」

　門崎さんは、無造作に霊符をテーブルに置いた。

「それよりも、俺はこっちが気になるな」

　そういって、門崎さんが取り出したのは一緒に入っていた手紙だった。それこそありふれた古びた手紙に見えるのに、門崎さんはそれを広げるでもなくじっと見つめている。

「中は見ないんですか？」

「ん？　ああ、昔の手紙だろう？　たぶん、中を見ても俺には読めないよ」

　古い文章はたしかに解読が難しいが、明治中頃に平仮名の統一がおこなわれたので、かなり読みやすくなっている。もちろん、それ以降もしばらく変体仮名は使用されているし、くずし字を知らないと簡単に読めるとは言わないが、江戸以前の古文書よりは圧倒的に理解しやすい。

「良ければ中を読みましょうか？」

「ありがとう。でも、先にこっちを見させてもらうよ」

門崎さんはそう言うと、簪の包み紙に触れた。梱包を解くと黒いモヤがぶわっと膨れ上がる。瞬間、私の手を握る保科くんの力が強くなった。心配になって保科くんに目をやると、大丈夫とばかりに彼は頷く。私はほっと息をはいて門崎さんに視線を戻した。

門崎さんは簪の入った布袋に触れようとしている。私は思わず待ったをかけた。

「すみません、できれば素手で品物に触れるのはちょっと」

簪はお客様の品物だ。皮脂で汚してしまうのは忍びない。せっかく手袋を持っているのだから、できればそれをつけて触って欲しいと頼むと、門崎さんはやんわりと否定した。

「ああ、ごめん。でも、素手で触らないと情報が見れないんだ」

「そうなんですか？」

よくわからないが、能力的な制約があるのだろうか。不思議に思っていると、今度は保科くんが難色を示した。

「簪に触れれば、門崎さんも呪われる可能性があるのでは？」

「その点はたぶん大丈夫。で、素手で触れてもいいかな？」

門崎さんはなぜか自信ありげにそういって、私たちに許可を求めてきた。必要ならば仕方がない。あとでちゃんと拭き取れば問題ないだろう。

許可を出すと、門崎さんは袋を開いて慎重に簪を取り出した。あめ色の美しい簪が姿を見せる。

瞬間、門崎さんは軽く眉を寄せて、それからすぐに簪を袋ごとテーブルに置いた。

「もういいよ」

どうやら触るのはほんの一瞬でいいらしい。私は保科くんに目配せをして、繋いでいた手を離すと、鞄から手袋とクロスを取り出した。

手袋をつけてから、クロスを使って簪についた皮脂汚れを丁寧に拭き取る。簪を再び布袋にしまうと、元通りに古紙で包んだ。きちんと紙で巻くと、モヤはまた小さくなる。

ちらりと横目で保科くんを見るが、特に異常はなさそうだった。

「なにかわかりましたか？」

「この簪には、かなり強い思念がこめられてるね」

「思念、ですか」

「ああ。おそらく、こちらの手紙を書いた人物と同じ人だと思う。とても強い後悔の念だ」

門崎さんは眉根を寄せて、難しい顔で桐箱を睨んだ。

「二十代半ばの男性に見えたよ。軍服を着ていたから、軍属だったんじゃないかな。彼にはとても愛している婚約者がいたらしい。けれども、彼らが結婚することはなかった。その手紙を書いてすぐに、送り主だった男性が、戦争で死んでしまったからだ」

すらすらと断言されて、私は目を丸くした。だって、門崎さんは手紙に触れただけで、中身を読んでいないのだ。それなのに、戦争に行く前に婚約者に送った品であることを簡単に言い当てた。

「彼の死後、この簪は婚約者の元には届かなかったらしい。手紙に行き違いがあったのか、はたまたなにかの事故があったのか、そこは読み取れなかったけれど。とにかく、贈りたかった相手に届かなかったのは間違いない」

「触っただけで、それだけのことがわかるんですか？」

「誰かを呪えてしまうくらい、強い思いだったからね。そういうのが得意だから、この仕事をしている」

　私は感心して門崎さんを見た。手紙の内容は店長にも伝えていない。だから、店長から電話で聞いたということもないだろう。

「それで、どうすれば呪いは解けるんですか？」

「俺が知ってるやりかたは、霊――この場合は送り主の男性だね。彼の未練を断ち切ってやる方法だ」

　門崎さんは答えて、休憩するように珈琲をひとくち飲んでから説明を再開する。

「彼の心残りは、愛する人と結ばれなかったことだ。死ぬ前に贈ったこの簪も、彼女の元へは届かなかった。その強い後悔が簪に宿って呪いになっている」

　結婚したいほど好きな人がいたのに、その人を残して死んでしまったのか。切ないなって思ってしまう。もし霊の未練を断ち切れるならば協力してあげたい。

「なるほど。簪のいきさつはわかりました。でも、霊の未練なんてどうやって断ち切るんです？　この簪の送り主も、その婚約者だった彼女も、もう死んでいるはずだ」

「婚約者の墓があれば、そこに簪を供えてやるのがいいと思う。あるいは、彼女の血をひく人間に簪を贈るとか――とにかく、霊が納得して成仏できるきっかけを与えてやるんだ」

「霊が納得、難題ですね」

私は思わず唸った。そもそも、婚約者のお墓なんてどうやって探せばいいのか。

「他の方法はないんですか？　お祓いとか」

「力づくで霊を消し去る方法もあるが、俺はできない。できる人間を紹介することは不可能じゃないが……あまりおすすめしない」

「どうしてでしょうか」

「そういうのは、反発がすごいんだ。失敗したらよけいに呪いが強くなったり、呪いがおかしな風に変質してしまうケースもある。危険を伴うから、最後の手段にしたほうがいい」

なるほど。無理やり霊を消すのは、危険だからやめたほうがいいってことか。

「簪を壊したらどうなりますか？」

「それもおすすめしない。壊した人間が呪われる可能性があるし、そもそも壊せるかもわからない」

霊がとりついた品は、異常なほど頑丈になることがあるらしい。火をつけても燃えなかったり、力をこめても破壊できなかったりするそうだ。

「一番穏便なのが、霊の未練を解く方法なんですね」

門崎さんに会えばすぐに呪いは解けるのかと思ったけれど、まだまだ道のりは遠そうだ。

「ところで、さっき門崎さんは簪に触っていましたが、呪われませんでしたね。呪われない自信がありそうでしたが、どうしてでしょうか」

保科くんは簪に触れた瞬間に呪われてしまったが、私が触ってもなにもなかったし、門崎さんに異変が起きた様子もない。簪に触った人間のうち、保科くんだけが呪われてしまったのだ。

原因がわかるなら聞いておきたい。

「俺はまぁ、特殊な体質だから、そういうものへの抵抗が強いんだ。さらに言えば、手紙に触れたとき、あの霊はだれかれかまわず呪う感じじゃあないと思った。保科さんには、霊が同調しやすいなにかがあったんだと思う」

「同調しやすいなにか？」

「この霊は保科さんと同じくらいの年に亡くなっているから、そのせいかもしれない。もしかしたら、他にも共感するところがあった可能性もあるけど」

保科くんはなにか思うところがあったのか、難しい顔をして黙り込んだ。

「とにかく、俺がわかるのはここまでだ。いちおう、簪から読み取れた情報は、あとでまとめてメールさせてもらうよ。百年ちかく前のことだから、簪の送り先の情報をあんたたちが自力で探すってのは難しいだろう？　もし良かったら、そういう調査が上手いヤツのところに俺から依頼を出してもいいが……どうする？」

「ありがとうございます。あとで見積りを送ってもらえますか？　店長と相談してみます」

いった。

「ん。それがいいだろう」

ひとまず話はこれで終わりらしい。門崎さんは挨拶だけをして、喫茶店から引きあげていった。

残された私と保科くんのあいだに、重い空気が落ちる。

わざわざ京都まで来たというのに、呪いを解くことができなかった。

ぬるくなった珈琲を口に含んで、保科くんは小さく息をはく。

「これからどうします?」

「どうするって、呪いを解くために、婚約者さんのお墓を探すしかないんじゃない?」

「探せると思いますか? 百年も前の人物ですよ。それも、ただの一般人だ。俺たちは探偵じゃないんですよ。そんな調査、できるはずがない」

保科くんの気持ちもわかる。百年前の人物を少ない手掛かりで探せって言われても、なにから始めていいかさっぱりだ。門崎さんの連絡を待つくらいしかできないだろう。

「でも、どうにかしないと。保科くん、ずっと呪われたままになっちゃうよ」

「俺はもう、それでもいいような気がしてるんですけどね」

保科くんは、そっと私の手をとって距離を詰めた。甘やかな目で見つめられて、心臓が跳ねる。

「ねぇ先輩。呪いは解けなかったってことにして、一生、俺のそばにいませんか? そりゃあ、不便なことは多いと思いますよ。でも、後悔させないくらい、先輩を幸せにしますから」

なんという台詞を言うのだろうか。こんなの、まるでプロポーズだ。

顔から火が出そうだ。保科くんに摑まれた手が熱い。

もし、保科くんの誘いに頷いたらどうなるだろうか。ずっと保科くんのそばにいる生活を想像する。

休みの日は、保科くんは美術館に出かけたがって、私がそれにつきあったりするのだろう。で、帰りに映画を見たい私が無理に保科くんを引っぱっていく。感想を言い合うんだけど、きっと保科くんは映像の背景に写った美術品の美しさなんかを語りだして、話がかみあわなかったりするのだ。

もしかしたら、今の保科くんなら、上映中に私の手を握ってきたりして、私は映画に集中できなかったりするかもしれない。

保科くんとの生活も案外楽しそうなんて思いかけて、私は気持ちを落ち着けるために大きく深呼吸をした。

真に受けてはいけない。今、保科くんは呪いの影響を受けているのだから。

一生私のそばにいたいなんて、そんなの、保科くんの本心ではないのだ。

そこまで考えて、なぜかつきんと胸が痛んだ。

「ダメだよ。こんな関係、ダメに決まってる。今だけでも問題なのに、ずっとなんて絶対にダメ」

保科くんの誘いを断りながら、私は自分に言い聞かせる。もしこれが、呪いなんて関係なくて保科くんの本心だったら。そんな風に考えてしまった自分が嫌になる。

「そう……ですか。わかりました。先輩がそういうなら、呪いを解く努力をしましょう」

私に断られて、保科くんは悲しそうに目を伏せる。けれどもすぐさま顔をあげて、私に触れる手にぎゅっと力をこめた。

「努力はします。だけど、俺が呪われているあいだは、俺のものでいてください」

「保科くん」

「……今だけでいいので。ちゃんと、わかっていますから」

「うん。呪いが解けるまでのあいだ、ね？」

私は絞り出すようにそう言って、無理に笑顔を作って見せた。


私たちは経過を店長に報告して、店長から調査の依頼を引き続き門崎さんに頼んでもらうことになった。ひとまず京都に来た目的は達して、これからどうするかという話になる。

「思ったんだけど、やっぱり、私たちも簪の持ち主のことを調べようよ」

「調べるっていっても、どうするつもりですか」

もちろん、私たちはそういった調査に慣れていない。だけど、私たちだからこそできる調べかたがあると思うのだ。

「簪を手掛かりにして、情報を集められないかって思うの。ほら、これってべっ甲でしょ？」

べっ甲は、タイマイというウミガメの甲羅を加工して作る高級品だ。特に白甲は甲羅のごくわずかな白い部分だけを重ね合わせて作るため、本べっ甲であれば、現代でも数十万、中には数百万する品物もある。貧富の差が激しい大正時代、庶民が気軽に買える品物ではない。

この簪が白甲の本べっ甲であれば、この送り主はかなりの富豪……もしかしたら、財閥や華族階級だった可能性もある。それでも特定の人物を探すのは大変だが、身分の高い人間であれば、まだ名前が残っているかもしれない。

「でも、送り主が庶民なら、擬甲の可能性もありますよね」

擬甲は、高級なべっ甲を模して作られた代替品だ。べっ甲は人気製品だったので、江戸時代の中頃あたりから擬甲が作られ始めた。本物そっくりなものから、卵を使ったもの、セルロイド製のものまで様々だ。べっ甲は庶民の憧れの品だったから、模造品も大量に作られたし、手軽に買えるように、違う素材に一部だけべっ甲を使用したものなんかもたくさんある。

「ちらっとしか見てなかったもんね。しっかり鑑別してみようか」

「鑑別するって、ここでですか？」

喫茶店を見回して、私は首を左右に振った。鑑別をするには、一度簪を取り出さなければならない。そうすれば、保科くんの呪いが強くなるはずだ。

「さすがにここではまずいよね。どこか、落ち着ける場所でかな」

「じゃあ、近くのホテルでも予約しますか。店長も呪いを解くのが最優先だと言っていましたし、一泊しても怒られないでしょう」

たしかに、今から東京に戻っても遅くなってしまう。私は保科くんの案に頷いた。

思いがけず京都に一泊することになり、今からでも泊れるホテルを探す。

「あ、これ良くないですか？　ここからも近いですし。京都っぽいですよ」

保科くんがスマホの画面を私に見せてくる。覗き込むと、ベッドルームに和室が併設された、京都らしい部屋が映っていた。当日予約も可能らしい。

「カップルプランって書かれてるけど。同室にするつもりなの？」

「まさか、二部屋とるつもりですか？　勿体ないですよ」

「常識的に考えて、職場の同僚で男女なら別室だよね」

「今さらそんなことを言いますか。呪いが解けるまでのあいだ、つきあってくれる約束ですよね」

保科くんの言うつきあうの範囲には、身体の関係も含まれているらしい。

嫌なわけではない。昨日も受け入れたのだし、抵抗しても今さらだという気もある。

だけども、それを当然と思ってしまうのはまずいだろう。嫌というわけではないが、今の保科くんは呪われているのだ。この関係に慣れてしまっては、呪いが解けたときに辛くなる。

　私が葛藤しているあいだに、保科くんはスマホをタップして予約ボタンを押してしまった。

「もう予約しちゃいましたから。抵抗しても無駄ですよ」

「え、予約しちゃったの？」

「しちゃいました。なので、諦めてください」

　保科くんは悪びれた様子もなくそう言うと、立ち上がった。

「今日はもう、することもありませんよね。残った時間、デートしませんか？」

「デートって……」

「デートに抵抗があるなら、京都観光でもいいですよ。そんなに時間はないので遠くには行けませんが、八坂神社が近かったと思います。行ってみませんか？」

　甘い誘いにぐらりと心が揺れる。そんなことをしている場合ではないと思うけれど、せっかく京都まで来たのだからという心がせめぎ合う。

「お守りを買うってことでどうです？　気休めですが、効果があるかも」

「そうだね。病気平癒のお守りでも買う？」

　呪いは病気に含まれないかもしれないので、健康祈願のほうがいいだろうか。

「俺は、恋愛成就のお守りがいいですね」

「恋愛してるの？」

「ずいぶんとわかりやすくアピールしているつもりなんですが、それ、ボケてます?」

保科くんにじろりと睨まれて、私は首をすくめた。鈍感を気取っているわけではない。だけども、今の保科くんの言動がどれだけ本心からのものか測れないのだ。

「成就しちゃったら、のちのち困るでしょうが」

「困りませんよ。だから、先輩も安心して俺に惚れてください」

蠱惑的に微笑まれて、私は返答に困った。はいはいと、戯言だと流せばいいのに、段々とできなくなってきている。席を立ち上がると、保科くんは当然のように私の手を取った。私はその手を振り払うこともなくレジへ向かう。


鴨川を渡ると、華やかな南座の建物が見えた。どこまでもまっすぐな道は実に京都らしい。平日だからか、四条通は人通りがまばらだった。土産物屋や抹茶のスイーツを扱う喫茶店、ちりめん雑貨店なんかを興味深げに眺めながらしばらく歩くと、八坂神社の真っ赤な西楼門が見えた。観光地なだけあって、外国人の姿が多い。若いカップルが浴衣を着て歩いていた。私たちも端から見ればカップルに見えているのだろうか。

「いいですね、浴衣。夏らしくて」

「浴衣なんてもう何年も着てないな。最後に着たのなんて、学生のとき」

「お祭りとかですか?」

「花火大会だよ。人が多くて、浴衣で行ったの後悔した」

「へぇ……」

保科くんは低い声で相槌を打つと、繋いだ手に少しだけ力をこめた。

「なんか、機嫌悪い？」

「先輩がそんなお洒落をして、どんな男と花火に行ったのかと思うと、嫉妬しました」

子どもっぽく拗ねる保科くんを見て、私はちょっと笑う。

「何年も前の話だよ？」

「否定はしないんですか。へぇ、ふぅん」

本当は、花火大会に行ったのは女友達とだ。だけど、嫉妬する保科くんが可愛く見えたので、それは黙っておくことにする。

「俺も見たいです、先輩の浴衣姿」

「機会があればね」

「それって、場を濁す常套句ですよね。今日、着てください」

「無茶言わないでよ」

「ホテル、温泉があるらしいですよ。浴衣があるかもしれません」

カップルプランを予約するだけでなく、そんなところまでチェックしていたのか。

ちゃっかりしているなぁと思わず笑ってしまう。

八坂神社の中を進んで、提灯がたくさんぶら下がった舞殿を横切る。南楼門の隣にある授与所には、たくさんの絵馬がかけられていた。

「せっかくですし、お守り買いますか？」

「御神札とかもあるみたいだよ。こっちのほうが、なんとなく効果ありそうじゃない？」

「ええ？　でも、こういうのって、家とかに貼るやつじゃないですか。持ち歩くには邪魔でしょう」

やいのやいのと言いながら、保科くんは結局、身守りと書かれた一般的なお守りを購入したようだ。男性らしい青いお守りをしげしげと見つめる。

「どう、呪いに効果あった？」

「心なしか、良くなった気がしなくもないですね」

「つまり？」

「プラセボ効果は期待できるかもしれません」

まあ、そういうものだろう。お守りで簡単に厄がなくなるのであれば、神社はもっと儲かっているはずだ。もしくは、さすがのお守りも、こんな呪いは想定外なのだろう。

私がそんなことを考えていると、保科くんはポケットからごそごそと袋を取り出した。

「はい、どうぞ」

保科くんはそういって、私の手の平に小さな袋を置く。見れば、それもお守りだった。保科くんの持っているものと色違いで、こちらも身守りと書かれている。

「え、私に？」

「先輩だってあの簪に触っているんです。なにかあるかもしれないでしょう？」

たった今、呪いに効果がなかったと言われたお守りを渡されて、複雑な気分になる。

「プラセボ効果は期待できるんだっけ」

「まぁ、口実ですよ。先輩とおそろいのものが欲しかったんです」

ずいぶんと可愛いことを言われて、私は思わずお守りを強く握った。

小さな布の塊が、急にキラキラして見えた気がして、慌ててお守りを鞄に突っ込む。

「さらっと、そういうことしないでよ」

「恋愛成就のお守りじゃないだけ、分別はつけてますよ」

「保科くんって草食系に見えるのに。案外、ぐいぐいくるんだね」

「呪いの効果じゃないですかね。普段の俺なら、ここまで積極的になれません」

「ふーん。まあ、そうだよね。呪われてるもんね」

ああ、やっぱり。保科くんがこんな風になっているのは呪いの効果なのだ。

それを聞いて納得するのと同時に、胸に重たいものが落ちる。

石畳の床を蹴って、授与所から遠ざかった。保科くんも私にあわせてゆっくりと歩き出す。

「保科くんは嫌じゃないの？　こんな風に呪いに操られるなんて」

「俺は、わりとこの状況を楽しんでいますよ。こんなことがなければ、こうやって先輩と京都を歩くこともなかったでしょうし」

「それはまぁ、そうだろうね」

今までなら、保科くんと一線を越えてしまうなんて考えられなかった。

保科くんが呪われなければ、この先もきっと、ただの先輩後輩のままだっただろう。

「こんなことが起きなければ、先輩は、俺を男として意識してくれなかったでしょうから」

「え、そっち？　どっちかといえば、保科くんが私を口説いてくるほうが驚きなんだけど」

「そうですか？　先輩のことは、前からいいと思っていましたよ」

「え？」

それはまさか、呪いにかかる前の話だろうか。

一瞬ドキリとしたが、保科くんの態度を思い出して疑いの目を向ける。

「嘘だぁ。いつも馬鹿にしてたくせに」

「そうですね。でも、俺がなにを言っても、先輩は笑って流してくれたでしょう？　俺はすぐに言い過ぎてしまうので、そういうの、助かっていました」

それは、保科くんの本心なのだろうか。もしかしたら、呪いのせいでそんな気がしているだけかもしれないが、そう思っていてくれたなら嬉しい。

「先輩は年下は嫌いですか？　俺じゃあやっぱり、先輩の恋愛対象になれません？」

「保科くん。そういうの、困るよ」

「困ってくださいよ。頭の中を俺のことでいっぱいにして、もっと困ってください」

よくもまぁ、そんな台詞を恥ずかしげもなく言えるものだ。

思わず立ち止まると、保科くんは突然私を抱きよせた。背中に保科くんの腕が回って、距離が近くなる。

「赤くなった先輩、すごく可愛いです。もっと俺を意識してください」

「保科くん！」

耳元で囁かれて、私は腕をつっぱってどうにか保科くんを引き剝がす。

今の保科くんは本当に危険だ。こんな風にされたら、心臓が壊れてしまいそう。

「公共の場所でそういうことしないの！」

「公共の場所じゃなかったらいいんですか？」

「それは……」

それでもダメだと言うべきなのに、拒絶の言葉が出てこない。

否定しない私をどうとらえたのか、保科くんが腕を摑んでぐんぐんと足早に歩き始めた。

「保科くん、どこ行くの」

「我慢できなくなりました。早く、ホテルに行きましょう」

「ホテルって……」

この流れは、そうなのだろうか。またしても、保科くんとそういうことをしてしまうのか。

摑まれた腕から、熱が全身に伝わってくるみたいだ。心臓がドクドクと速くなる。

恋人でもないのに、ましてや保科くんが呪われている状況でこんなこと、いいはずがない。

そんなことは百も承知しているのに、私は保科くんを止める言葉を紡ぐことができなかった。


保科くんが予約したというホテルは、八坂神社からそう遠くない場所にあった。和洋が上手く溶け合ったモダンな外観は京都に相応しく、自動ドアをくぐると、落ち着いた雰囲気のロビーが見える。作りは洋風だけど、インテリアに木格子がたくさん使われていて、旅館とホテルの中間といった雰囲気だ。

このホテルには自慢の温泉があるらしい。大浴場でゆっくりと汗を流すと気持ちがいいのだろうに、私たちはなぜが部屋の浴室の脱衣所にいた。

「先輩、脱いでください。早く」

既に上半身が裸になった保科くんが、服を脱ぐようにと私を急かす。

保科くんは、ホテルの部屋に入るなり私にキスをして、ベッドへと押し倒した。そのまま行為に及ぼうとしたところを、汗が気になった私が嫌がったのだ。

せっかく温泉があるのだから、そのあとでもいいじゃないか。私がそう言うと、だったら一緒にお風呂に入りましょうと、部屋の浴室へと連れてこられた。

「温泉に行きたかったんだけど」

「温泉は、また汗をかいてからにしましょう」

今からお風呂に入るというのに、また汗をかいてからとはどういうことかと思ったけれど、聞けば藪蛇になりそうだ。お風呂に入ったそのあとに、汗をかくことをするつもりなのだろう。

「本当に、一緒に入るの？」

「嫌ならベッドに行きますか？　俺はそれでもいいですよ」

保科くんと一緒にお風呂に入るのと、汗を流さず行為に及ぶのは、どちらがマシだろうか。

天秤にかけた結果、私は渋々衣服を脱ぐ。下着姿になると、早々と服を脱いだ保科くんの視線が突き刺さる。

「見られていたら、脱ぎにくいんだけど」

「わかりました。じゃあ、俺は先に浴室にいってますので」

保科くんは機嫌が良さそうに浴室へと入っていった。保科くんがいなくなって、私は残った下着を脱ぎ捨てると、フェイルタオルで身体を隠しながら浴室のドアをあけた。

ホテルのお風呂は洗い場のないタイプのものも多いが、こちらのホテルは広めの洗い場がついていた。保科くんはバスチェアに座ってシャワーの温度を調節している。

「先輩、待ってました」

保科くんはタオルを邪魔そうに睨むが、気を取りなおしたように立ち上がって、私をバスチェアへと座らせる。

「まず、身体、洗いましょう。俺が洗ってあげます」

「じ、自分で洗えるって」

「いいから。タオル、貸してください」

「あっ！」

抵抗する間もなく、保科くんは身体を隠していたタオルを奪い取って、シャワーで濡らしてしまった。備え付けのボディーソープをタオルにつけると、ごしごしと泡を立てる。

「背中、洗いますよ」

保科くんはそう言って、泡立ったタオルで背中を擦った。弱くも強くもない、心地良い力加減だ。少し恥ずかしいけれど、これはこれで、悪くない。

タオルは背中を数回往復すると、腕へと移った。右の腕を完全に洗い終わると、左も泡まみれにする。

「ありがとう。あとは、自分でやるよ」

「なに言ってるんですか。ここからが、いいところなのに」

「んっ」

タオルを取り返そうとした私を制して、保科くんの腕が胸へと移動する。濡れたタオルで二つの膨らみをこねられて、小さく声が洩れた。

「保科くん、んっ、そこは私が……」

「いえ。俺が洗いますから。先輩は前を向いていてください」

「前って……」

保科くんに言われた通り前を向けば、正面には鏡が配置されていた。そこには、背後から保科くんに胸を洗われている私の姿が映っている。

「保科くん、やだこれ、恥ずかしいっ」

「身体を洗っているだけなのに、なにが恥ずかしいんです？」

「洗っているだけって……んっ」

保科くんはタオルを使って執拗に胸を洗い続けている。その動きは、洗うというより、もはや愛撫だった。ごわごわしたタオルで胸の先端を擦られると、その部分が熱を持って立ち上がってしまう。

「こんなの、洗ってる手つきじゃな、んっ、あっ」

「声、出てますね。もしかして、タオルで洗われるの、痛みました？」

いかにも私の身体を気遣っているような口調で言うと、彼はタオルを置いて、今度は手の平で直接触り始めた。泡を塗り広げるように彼の手が動くたびに、鏡に映った私の胸が卑猥な形に歪む。

とんでもなく恥ずかしいのに、けれども、泡がぬるりと滑って、普通に触れられるよりも気持ちがいいのだ。

「この先っぽも、ちゃんと綺麗に洗わないと」

保科くんはついに、ぷくりと尖った先端に手を伸ばし、二本の指でぎゅっと摘まんだ。

びりびりとした甘い刺激が走り抜けて、身体がびくりと震える。

「あっ、はんっ、やぁ……あっ」

敏感な粒を集中的に刺激されると、快楽で頭の芯がぼうっとしてくる。

甘い快楽に浸っていると、ふっと保科くんが耳元で意地悪に囁いた。

「ほら、見てください。俺に胸を触られて、すごく気持ち良さそうな顔してる」

鏡の存在を意識させられて、急速に羞恥が戻ってくる。保科くんに触られて、快楽で蕩けきった自分の顔を確認して、私は思わず鏡から顔を逸らした。

「や、やだ、ああんっ」

保科くんの手を振りほどこうとしたら、お仕置きとばかりに強く先端を摘ままれる。そのままこりこりと指を動かされてしまえば、抵抗する力が身体から抜けていった。

「あっ、んっ、やっ……お願い、これ、恥ずかしいのっ、やぁ」

「鏡の前で触られるのは、嫌？」

「んっ、や……だからっ、あっ、お願い、も、やめて」

「わかりました。じゃあ、位置を変えましょう。そっちの、バスタブの淵に座ってください。そこなら、鏡は見えませんから」

保科くんは、あっさりと私の要求を呑んで、胸から手を離した。私はほっと息をはきだして、言われた通りにバスタブの淵に腰かける。横目で鏡は見えるけれど、この位置ならたしかに気にならない。

「泡、流しますね」

保科くんはシャワーヘッドを掴むと、私の身体についた泡を洗い落としてくれた。これでもう終わりだろうと安心していたら、保科くんは洗い場に膝をついてしゃがみ、私の両膝に手をかけた。

「それじゃあ、ちゃんと綺麗になったか、確認しますね」

彼はサディスティックに笑うと、私の足を左右に割り開く。秘部をむき出しにされ、私は小さく悲鳴をあげた。

咄嗟に膝を閉じようとするが、保科くんは足のあいだに身体をねじ込んで、私の動きの邪魔をする。私の膝を捕まえたまま、露わになった私の下腹部を、熱っぽい目でじっと見つめた。

そんな場所を熱心に見ないで欲しい。あまりの恥ずかしさに足を閉じたかったが、この状況ではどうすることもできない。

やめてと口を開こうとしたそのとき、保科くんが下腹部に顔を近づけた。

「え、っやぁん」

秘部にぬるりと熱い感触。驚いたことに、保科くんが舌を使ってそこを舐め始めたのだ。

「おかしいですね。綺麗に洗ったのに、ここ、ぬるぬるですよ」

指で触れられるよりも温かく、柔らかな感触は、今まで感じたことのない快楽を引き出した。

まるで、なにか不思議な生き物が、大事なところを這いまわっているかのようだ。

太ももに柔らかな保科くんの髪が当たる。舌だけでなく、熱い吐息が敏感な場所を撫でた。


そんな場所を男性に舐められるのなんて初めてで、私は軽いパニックになる。

「保科くんだめ、そんな場所、舐めちゃ、あ、やぁっ」

真っ赤になって保科くんを引き剝がそうとするが、私の力ではびくとも動かない。

それどころか、抵抗するようにぷくりと尖った花芽に吸いつかれてしまい、あまりの気持ち良さに手から力が抜けてしまった。

「だめっ、あっ、やあんっ」

せめて言葉で制止しようとしても、もはや、意味のない喘ぎしか出てこない。

保科くんはそのあいだも、敏感な突起を舌でぐりぐりとこねまわしていた。そのたびに、我慢できないほどの快感が、私の身体を苛んだ。

羞恥心と、こんな場所を舐められているという嫌悪感。

やめて欲しいのに、それを上回る快楽で拒絶の言葉が消えていく。

身体は淫蕩に落ちていき、口からは、強請るような甘い声が洩れる。

こんなにも感じているのだと見せつけるように、膣口はひくひくと震えながら蜜を垂れながしていた。

「こうやって……舐めとっても、次々に溢れてくる」

保科くんは一度顔を離して小さく笑うと、私に見せつけるみたいに、べぇっと長く舌を伸ばす。

「こっちもそろそろ、寂しくなってきたんじゃありませんか？」

「やぁ、だめ、あっ、ああああっ」

蜜口を舌でほじくられ、私は力なく首を左右に振った。拒絶しているのか、それとも歓迎しているのか自分でも判断できぬまま、口は意味のない声を紡ぐ。

ぴちゃぴちゃと彼の舌がいやらしい音を立て、背徳感と官能を煽った。バスルームだからか、その水音は大きく響く。

体液なんて美味しいはずがない。それなのに、保科くんはまるで蜂蜜でも舐めているかのように、とろんと甘い表情だ。それがご馳走なのだと言わんばかりに、夢中で舌を動かしている。そのたびに、びりびりとした刺激が走って、私の身体は蜜をはきだし続けた。

唾液と愛液が混ざり合い、舐めとられるたびに快楽が高まる。次第に限界へと向かっていき、無意識のうちに彼の顔に蜜口を押しつけていた。

「あっ、ああっ、んんんっ」

悲鳴のような短い声を断続的にはきだして、私は身体を震わせた。

私が達してしまったことに、保科くんも気づいたようだ。

秘部を舐めとる動きを中断して、ようやく彼は顔をあげた。

「イっちゃいましたね」

嬉しそうに指摘しなくても、達してしまったことくらいわかっている。

あそこを舐められてイってしまったという事実が恥ずかしくて、私は軽く唇を尖らせた。

「やめてって言ったのに」

「やめて欲しい顔じゃなかったですよ」

私が睨んだところで、保科くんは涼しい顔だ。

「本当に先輩が嫌ならやめますけど、嫌じゃありませんでしたよね」

「まあ……嫌ではないけど」

色々と恥ずかしいだけで、行為はとても気持ちが良かった。

けれども、それを素直に口にするのも気が引ける。私が煮え切らない態度でいると、保科くんは全部見透かしたみたいな顔で笑う。

「せっかくですから、このまま、最後までしませんか？」

「最後までって、でも、ゴムは……」

「ちゃんと、準備してました」

保科くんは悪戯っぽく笑うと、コンディショナーの脇からゴムの袋を取り出した。もちろん、こんなものが浴室に備え付けられているはずがない。

「いつの間に持ち込んだの」

「先輩が恥ずかしそうに服を脱いでいるあいだに、こっそりと」

保科くんはピリっと袋を破くと、既に硬くなった男根にゴムを被せる。初めからこうするつもりだったことに文句を言いたい気がしたが、私の腹部は彼の熱を求めて疼いている。このましたいと思っているのは私も同じなのだから、喉まで出かかった言葉を飲み込んだ。

「先輩。後ろを向いて、バスタブの淵に手を置いてください」

保科くんに指示をされて、私は言われた通りの体制になる。腰を落としてバスタブに手をつくと、彼に向かってお尻を突きだすような姿勢になった。

「保科くん、これって、後ろからってことだよね」

「バックでするのは慣れてませんか？」

保科くんの言葉に頷いた。バックでした経験なんてないし、浴室でこんなことをするのも初めてだ。私がドキドキしていると、保科くんが後ろから硬い屹立を押しあてる。

私のお尻を軽く摑んで割り開くと、背後からいっきに貫いた。

「んっ、あああぁ……」

いきなり挿入されて、私は身体を支える腕に力をこめた。

保科くんの舌によって散々濡らされたその場所は、抵抗なく彼を受け入れた。保科くんの手は臀部から腰へと移動して、押しつけるように、ぐっと根本まで深く差し込んでいく。

「先輩、大丈夫ですか？」

慣れない様子の私を気遣ってか、保科くんが労わるような声をかけてくれる。

たしかに、正常位とは勝手が違う。同じように奥まで埋められていても、後ろからでは当たる場所が違うのだ。

違和感はあるが、行為を止めるほどではない。それに、この先を知りたいという好奇心があった。

私が大丈夫だと頷くと、保科くんはゆっくりと腰を動かし始めた。なかを擦られるたびに、ぞくりとした感覚が湧き上がる。

この体勢での刺激に慣らすように、あるいは、私の性感帯を探るように。保科くんはゆっくりと丁寧に私の中を動く。角度を変えながら突かれると、強い刺激が子宮に走って、びくんと腰が跳ねた。

保科くんは私の反応を見逃さなかった。弱点を見つけたとばかりに、今度はその場所を集中的に突き始める。緩慢だった動きも次第に速くなっていく。

「あっ、ぅん、そこ、やぁっ」

弱い場所を攻められると、吐息が荒くなる。息をはくのに合わせて、口から喘ぎが洩れた。

腰を掴まれながら、少し乱暴に打ちつけられると、肉がぶつかる音が浴室に響く。

背後からの性交は、その激しさも重なって、まるで獣の交尾のようだ。

はっはっと短く息をはくさまは、犬のパンティングに似ている。隣の家の愛犬は、主人が帰るたびに舌を出して興奮していた。保科くんを受け入れて喜んでいる自分の姿が、記

憶にある犬の姿と重なる。

激しく突かれるたびに身体をかけめぐる快楽は、手足から力を奪っていった。身体を支えるのが難しくなり、自然と膝が曲がっていく。

「腰、下がってますよ。もっと、お尻、あげてください」

私の怠慢を保科くんは許してくれない。両手で腰を引きあげられて、お尻を突きだすような形にされる。

体位を恥ずかしいと思う余裕など、もう私に残っていなかった。言われるままにお尻を突きだして、尻尾を振る犬のように保科くんを強請る。

ご褒美はすぐに与えられた。保科くんは最奥を貫くと、その部分を小刻みに何度も穿つ。

たまらない刺激が身体を駆け抜けた。

「あっ、はんっ、あっ、あああっ」

あっという間に達してしまいそうで、ぎゅっと強く浴槽の淵を掴む。

快楽から逃れようとしても、腰を掴んだ保科くんの手が許してくれない。唇を引き結んで耐えるしかなかった。

けれども、限界が近いのは私だけではなかったらしい。

「先輩、そろそろ、イきそうです」

保科くんの切なげな声が聞こえる。同時に、律動がさらに早くなった。

「ああぁっ、あんっ」

ひときわ大きな嬌声をはきだすと同時に、快楽が弾けた。繋がったお腹のあたりから、指先まで、びりびりとした刺激が全身をかけめぐる。

保科くんも同時に果てているのか、奥深くまで突き入れた状態で動きが止まっていた。

頭の奥が痺れたように真っ白になり、目尻には軽く涙が浮かぶ。セックスとは、こんなにも気持ちがいいものだっただろうか。昔に経験したものは、ここまでではなかったはず。

ずるりと引き抜かれ、私はぐったりと洗い場に膝をついた。心地良い余韻が残る中、私の背中に保科くんが何度もキスを落とす。

「先輩、ありがとうございました。すごく良かったです」

私も良かったと言いかけて、口を閉じる。保科くんに翻弄されて、悪くないと思っていることを知られるのが癪だったからだ。

「汗を流すだけだったはずなのに」

素直になれずに、口から出たのはそんな可愛くない言葉だった。

それでも、保科くんは気にした様子もなく、にこにこと笑いながら私を見下ろしていた。その顔が本当に幸せそうで、強がっている自分が馬鹿みたいに思える。

「汗は流れましたよね？　まあ、このあと、また汗をかいてもらいますけど」

「え、今ので終わりじゃないの？」

「汗をかいてから温泉に行ったほうが、気持ちいいですよ。まぁ、温泉に行かなくても、俺が先輩を気持ち良くしてあげますけど」

保科くんは背後から私を抱きしめると、耳元で蠱惑的に囁く。

身体は疲れているのに、保科くんに誘われると期待して胸が高鳴ってしまうのだから、どうかしている。

簪の呪いは、実は私にも影響しているのではないだろうか。

頭の中でぐるぐると考えながら、私と保科くんはベッドへ向かったのだった。


あのあと、保科くんの思惑通り汗をかいた私たちは、それぞれ大浴場へと向かった。ゆっくりと温泉で身体を温めてから部屋に戻ると、先に戻っていたらしい保科くんが浴衣姿で振り返る。

「先輩、やっぱり浴衣、似合いますね」

部屋には、保科くんの予想通り浴衣が用意されていた。ホテルのロゴが入ったシンプルなデザインの浴衣だったが、保科くんはそれでも満足らしい。

ベッドルームに併設された和室でくつろいでいた保科くんは、立ち上がって、ジロジロと私を観察する。嬉しそうに何度も頷いてから、髪を結いあげたうなじに、ちゅっと軽くキスを落とされた。もはや、抵抗する気すら起きない。

「保科くん、簪出して。せっかくだし、ここで鑑別してみよう」

「そうですね、わかりました」

簪の入った桐箱を和室のテーブルに置くと、私は鞄からクロスとルーペ、ペンライトと紫外線ライトを取り出して、手袋をはめる。本当は店に持って帰って、顕微鏡を使ってしっかり鑑別したいけれど、簡易鑑別でもある程度の真贋(しんがん)はわかるだろう。

「保科くんが鑑別する？」

「べっ甲なら、俺よりも先輩が見たほうがいいでしょう」

保科くんに言われて、私は桐箱をあけた。慎重に古紙を開くと、ぶわっとモヤが強くなる。鑑別するのにモヤが邪魔そうだと思いながら、袋から簪を取り出した。

「保科くん、大丈夫？」

「大丈夫です。さっき、抱かせてもらったからかな。今すぐ先輩を襲いたいってほどではありません」

「そ、そう」

保科くんの返事を聞いて、私は意識を目の前の簪に集中した。

形は品のあるバチ型だ。扇面に施された乱菊の透かしが、職人芸を感じる繊細さで美しい。扇部分は白甲で、アクセントとして黒甲が使用されている。黒甲部分には細かな螺鈿(らでん)細工が施されて、キラキラと複雑な色で輝いている。

べっ甲となると、やはり薄いものが多い。けれども、この簪は分厚くて白甲部分の面積も広い。張べっ甲の可能性が高そうだと思いながらも、これがもし本べっ甲ならば、かなりいい品だ。

問題はべっ甲の真贋である。年代物だからといって本物だとは限らない。大正時代ともなればセルロイドによる練り物や、馬の爪を使ったものなど、擬甲が増えてくる。べっ甲が高価だったぶん、擬甲のほうが多いともいえる。

「電気、消して」

保科くんに頼んで部屋の電気を消してもらう。できるだけ部屋を暗くし、手で影を作って紫外線ライトを当てる。ライトに当たった部分がうっすらと青白く光った。蛍光反応はあり……と。

べっ甲は長波紫外線を照射すると青白く光るのだ。けれど、これだけではまだ真贋はわからない。擬甲の中にも蛍光反応を示す素材は多くあるからだ。

「ありがとう、電気つけてくれていいよ」

私が言うと、部屋が再び明るくなる。紫外線ライトを置いて、今度はペンライトとルーペを手に取った。まずは光を当てながら白甲部分の表面をチェックする。どろりとしたあめ色の風合いの中に、細かな泡が連なって見える。つぎに簪の横面を観察する。判別は難しいが、うっすらと横線が連なって層になっているのがわかった。べっ甲はタイマイ甲羅を張り合わせてつくるため、こういった層ができるのだ。同じようにして黒甲部分も確認をする。

「どうですか？」

「……うん。本物だと思うよ。いい品だね。欠けや傷もほとんどないし。呪われてるけど」

　店に戻ってからもう一度しっかり確認したいが、おそらく本物だろうと判断する。クライアントが不要だと判断したら買取りになるだろうけれど、呪われた品の扱いってどうなるんだろう。

「これだけの簪を贈れるってことは、やっぱりこの簪の主はお金持ちだったんだと思うよ。手紙に情報はなかった？」

　私が鑑別しているあいだ、保科くんは手紙の全文を訳して門崎さんにメールしていた。持ち出しの際に、内容を外部の会社に共有していいという許可も、クライアントから店長が得ている。

　手紙の送り主や簪について、なにか知らないかヒアリングしてくれたのだけど、どちらも心当たりがないそうだ。クライアントは蔵にそんな簪があることすら知らなかったらしい。

「手紙の送り主は梶原顕正（かじわらあきまさ）さんで、婚約者のお名前は民（たみ）さんだそうですよ。陸軍の所属で、これから中華民国へ向かうと書かれています。書かれた日付は第一次世界大戦の最中ですから、青島戦争ですかね。あとは自分の近況と、戻ったら一緒になろうというようなことが書かれていました」

「梶原さんは、結婚直前に死んじゃったってことなのかな」

「おそらく。だけど、どうして簪が婚約者の元に届かなかったのか謎ですね。これだけの品物を用意できる金を持っていたのだとすれば、信頼できる相手に預けたはず」

私と保科くんはふたりで首を傾げた。あれこれと意見を出してみたが、どれも想像の域をでない。

「送り主は華族だった可能性もあるよね。もしかして、華族名鑑に載ってないかな?」

「本人の名前がなくても、親戚で同じ苗字の人間がいるかもしれませんね。デジタル版で見られるかも」

保科くんは荷物からタブレットを取り出すと検索をかける。すると、日本の華族が一覧となったサイトが出てきたので、そこから手紙の送り主の名前を探す。

「ありました。名前は違いますけど苗字は同じです。叙爵日が明治なので、梶原顕正さんの父親か親戚かも」

「こういう名家なら、たぶん今も続いているだろうし、家系図とかも残っている可能性もあるね」

すごい。絶対に無理だろうと思っていた婚約者を探すという手掛かりが見えた。私と保科くんはパンッと手の平を合わせてハイタッチする。

「だけど、どうやって梶原家の子孫を探すんですか?」

「……あ」

「苗字で探そうにも、たぶん、梶原なんて苗字の人間はたくさんいますよ」

行き詰ってしまって、私は唸り声をあげた。いい線をいっている気がしたのだが、やはり素人では限界がある。

「うーん。光明が見えた気がしたのになぁ」

「とりあえず、俺たちの推測ってことで門崎さんに連絡しておきましょう。簪の鑑別結果や、送り主がかなりの経済力がある人間だっただろうという推測も添えて」

メールを送ると、私たちにやれることはなくなってしまった。私はノートパソコンを起動して、今回の案件の見積書を作る。でき上がった書類を店長にメールして、今日の仕事は終わりだ。

うーんと伸びをすると、お疲れ様ですと保科くんから声がかかった。どうやらお茶を淹れてくれたらしい。白藍の湯呑みからほうじ茶の香りが漂う。

「あんまり疲れてないけどね。今日は、仕事っていうより旅行みたいな感じだったし」

「俺も。先輩と旅行に来たみたいで、楽しかったです」

肩が触れるほど近くに座って、保科くんは湯呑みに口をつける。

もう日はすっかり暮れて、窓の外は星空が見えている。遠くで虫が鳴いている音がした。

香ばしいほうじ茶を舌で転がしていると、隣に座った保科くんがゆっくりと口を開く。

「先輩は、どうしてこの仕事をやろうって思ったんですか？」

仕事を始めたきっかけを尋ねられて、私は目を伏せた。当時のことを思い出すと、苦い思い出までよみがえってくる。

「きっかけは、店長に誘われたからなんだよね。うちで働いてみない？って」

神島古物商店に勤務する前、私は新卒で入社した商社で事務員をしていた。そこそこ大きな規模の商社で、新卒にしては給料も悪くなかった。

入社して半年経つか経たないかという頃、社内に恋人ができた。

彼は社内でもやり手の営業マンで、背が高くて顔が良く、同期の子にもきゃあきゃあと騒がれるような人だった。とある案件で彼の補佐をすることになったのがきっかけで、時々一緒に飲みに行くようになったのだ。プライベートのアドレスを聞かれたときは、こんな人が私を相手にするはずないと思ったけれど、休日に誘われてデートをするようになり、あれよあれよという間に恋人関係になっていった。

年上で、営業成績も上位だった彼は、羽振りも良かった。入社したての私じゃあとても買えないようなブランドのバッグをプレゼントしてくれて、愛を囁いてくれた。

けれども社内恋愛だったので、この関係は秘密にして欲しいと頼まれたのだ。

私はもちろん頷いた。社内恋愛なんてバレたら気まずくなるし、彼はモテるので他の子に嫉妬されるかもしれない。私を守るためだ、なんて言われたら、疑うはずがない。

けれども、彼は私に隠れて、他の社員にも手を出していたらしい。

それを知ったのは本当に偶然だった。

その日、私は彼にプレゼントしてもらったバッグを持って、ショッピングにきていた。

そこで、会社の先輩と仲良く腕を組んで歩く彼を見つけてしまったのだ。

あとで確認すれば良かったものを、混乱した私はふたりの前に出て、どういうことかと彼に詰め寄ってしまった。

その結果、彼はシラをきった。おそらく、私は遊びで先輩のほうが本命だったのだろう。私は彼に横恋慕している女として、公衆の面前で罵られた。私のことなんて知らないし、彼女にした覚えもない。悪質なストーカーではないかとまで言われたのだ。

野次馬にくすくすと笑われて、足がすくんで、なにも言い返せなかった。

そのとき、私を助けてくれたのが店長だったのだ。

今思えば店長は、仕事の休憩時間だったのだろう。スーツ姿で、今より、ほんの少し顔立ちが若かった。

野次馬を割って前に出ると、店長は彼を見つめた。

「あれ、そこの彼。こないだ僕に鑑定してくれってバッグを持ってきた人だよね」

驚いたように大袈裟（おおげさ）に言って、店長は肩をすくめて見せた。

「オークションで買ったっていう、どう見ても偽物のバッグ。もちろん買取りは断ったけど、こっちの彼女が持っているヤツじゃない？」

店長は私を庇（かば）うように彼とのあいだに立って、周囲に聞こえる声でそんなことを言った。

その言葉で周囲の空気が変わった。彼は羞恥で顔を真っ赤にして、そんなわけないだろう、人違いだと言い捨て、逃げるようにその場を去っていった。

「そこに僕の店があるから。おいで」

そう言って、店長は野次馬から私を隠すように、店へと連れていってくれた。

神島古物商店と書かれた店の中には、ブランド物のバッグから古びた家具まで、色々な品物が置かれていた。私を相談室に案内すると、店長は温かい珈琲を出してくれた。

「お疲れ様。散々な目に遭ったね」

「……あの、良かったんですか？　さっきの」

商品を売りに来た客の情報を流すような行為だ。店の評判を落とすのではないだろうか。

「まあ、あんまり良くはないんだけど、あまりにも見てられなかったから。それに、さっきの彼がバッグを売りに来たっていうのは嘘だよ」

「え、嘘だったんですか？」

「でも、効果はてきめんだったでしょ？」

悪戯がバレた子どものような顔で店長が笑って、私が持っているバッグに視線を落とした。

「さっき君が、このバッグは彼にプレゼントしてもらったって言っていたし、嘘をついているように見えなかったから。それに、オークションで安く買ったっていうのは当たっていると思うよ。これ、偽物だし」

バッグを偽物だと指摘され、私はぽかんと口をあけた。

どうやらそっちは嘘ではなかったらしい。私の目には本物のように見えるのだが、どうしてわかるのだろうか。

「あんまり気づかないものなんだけどね。このブランドのバッグは、本物だとここのところにシリアルナンバーが入っているんだ。あと、バッグを閉じたとき、柄がズレなく均一に配置されるようになってる。ほら、これはズレてるでしょ？」

それは、知識のある人間が、よほど注意して見なければわからないような差だった。よく一瞬で見抜けるものだと、思わず感心してしまった。

「よくわかりますね」

「知識と経験さえあれば誰でもわかるよ。でも、知らなければ騙されるんだ。……人間と同じだね」

それが、さっきの彼を指しているのだとわかって、私の目から涙が零れた。

好きだと言われてその気になって、気がつけば私も好きになっていた。その気持ちが本物かどうかなんて、疑いもしなかった。

「好きだなんて言われて、舞い上がって……馬鹿みたい」

店長は泣いてしまった私にハンカチを貸してくれた。気持ちがおさまるまでこの部屋を使っていいと言って、相談室から出て行く。ひとりにしてくれたのだろう。気のすむまで泣いてから部屋を出ると、彼は革製のバッグの手入れをしていた。

「ありがとうございました。ハンカチ、今度、洗って持ってきます」

「気を使わなくていいのに」

「いえ、あらためてお礼をしたいので」

私が言うと、店長はにこりと笑って名刺を差し出してくれた。

「じゃあ、これもなにかの縁ってことで。僕は神島鷹志。使わなくなったブランドバッグや、不要な貴金属があったら持ってきてね。そのバッグは買い取れないけど」

　赤くなった私の目は見ないふりをして、鞄を指しながら、彼は冗談めかしてそう言ったのだった。


「とまぁ、そういうことがあってね。職場の先輩と色恋沙汰で揉めたから、会社にもいづらくなって。転職しようかなって悩んでるときに、店長にうちで働かないかって誘ってもらったの」

　鑑定にも興味があった。あのとき、さっと偽物のバッグを見抜いた店長が格好良かったからだ。私もあんな風に、物事の真贋を見抜ける目が欲しいと思った。

　まったく知識がない状態での転職だったから、覚えることが多くて大変だったけれど、今ではこの仕事を楽しいと思っている。

　私が話し終えると、保科くんが難しい顔をして黙り込んでいた。

「……先輩の元彼を、殴ってやりたいです」

「怒ってくれるんだ、優しいね。でも、もう気にしてないんだよ。当時は腹が立って仕方なかったけど、今ではいい勉強になったって思ってる」

　優しい顔をして、甘い言葉で近づいてくる人間がいい人だとは限らない。その人の本音がどこにあるのか、きちんと見極めなければならない。

そんな風に思えるようになったのも、店長のおかげである。彼には本当に色々と助けてもらった。

「先輩は、もしかして店長のことが好きなんですか？」

「え？」

思いがけないことを言われて、私は目を丸くした。

店長には感謝しているが、恋愛感情はない。店長もおそらく同じだろう。

「人として尊敬してるよ。恩もあるし、もちろん好きだと思っているけど、恋愛感情とかじゃないかな」

「本当に？」

保科くんはまだ納得していないといった様子だ。

「そんな風に助けてもらって、少しもいいなって思わなかったんですか？」

「ないよ。店長をそんな目で見たことはない」

もしかしたら、普通は自分を助けてくれた相手を好きになるのかもしれない。だけども、私は店長を一度も恋愛対象として見ようと思わなかった。

「店長のことが好きなら、昨日だって、保科くんを家に泊めたりしない」

「でも、先輩は俺を好きってわけでもないですよね？」

「……………」

保科くんの言葉に沈黙して、私は小さく息をはいた。

「本当のことを言うとね、私、また誰かを好きになるのが怖いんだ」

元彼に騙されてから、新しい恋人はいない。

仕事が楽しかったからっていうのが一番の理由だけど、恋愛に積極的になれないのは、あのときのことを引きずっているからだろう。

店長を上司としてしか見ないのも、きっとそのせいだ。万が一にも恋心を持ってしまうのが嫌だった。保科くんのことだって、こんなことが起きなければきっと意識なんてしないで、ただの後輩としか思わずにいられたのに。

ブランドのバッグは真贋を見抜けるようになった。貴金属を見る目も肥えた。

だけど、人の心を見る目は、まだ自信がない。

「保科くんのことは素敵だと思うよ。ドキドキさせられるし、うっかり好きになりそうだって思うときもある。だけど、今の保科くんは呪いの影響で私を好きになっているだけでしょう?」

保科くんを好きになって、それで裏切られるのはごめんだ。

あんなみじめな思い、もう二度としたくない。

保科くんは私の言葉を聞いて、切なげに眉を寄せ、それから首を左右に振った。

「呪いの影響がないとは言いません。だけど、俺は呪いにかかる前から先輩のことが気になっていました。今の感情は、呪われているからってだけじゃない。呪いがなくても、俺は先輩のことが好きです」

保科くんは信じて欲しいとばかりに、真摯に言い募る。

彼の言葉を信じたいという思いもある。だけど、私は臆病なのだ。

「前から好きだったって思いこんでいる可能性は？　呪われる前の保科くんは、全然そんな素振りなんてなかったもの。呪いのせいで、そう思いこまされているだけかもしれない」

保科くんがくれる、私を好きだっていう言葉も行動も、全部本物だって信じたい。

だけどそれを信じて、呪いが解けて全部なくなってしまったらと思うと、怖いのだ。

私は元彼の嘘を見抜けなかった。

好きだって言われて舞い上がって、その気になって私も好きになっていった。

保科くんの気持ちだって、呪いによるまやかしかもしれないのに、また同じように好きになんてなりたくない。

「保科くんが呪われている以上、私は保科くんの言葉が本物だって信じられない」

信じられないのは、保科くんの言葉だけじゃない。私の気持ちだって信用できない。

彼に惹（ひ）かれているような気がするのは、呪われた保科くんに言い寄られて、いい気になっているだけなんじゃないだろうか。

恋愛は難しい。保科くんが気になる自分と、その気持ちを疑う自分が同時に存在している。

私の言葉に、保科くんはそっと目を伏せた。

もしかして、傷つけてしまっただろうか。

不安に思ったが、保科くんはすぐに顔をあげて、まっすぐ私の目を射抜いた。

「わかりました。じゃあ、必ず呪いを解きましょう。呪いがなくなってから、もう一度、先輩に告白します。そうすれば、先輩も信じられるでしょう?」

保科くんの言葉に、胸がきゅっと苦しくなる。

本当に、そうしてもらえたら、どれだけ嬉しいだろうか。

呪いが解けても、それでも保科くんが私を好きだと言ってくれるなら。きっと、私の答えも出るような気がするのだ。

「待ってるよ」

保科くんは人に媚(こ)びることをしない。

本当はわかっているのだ。保科くんは元彼とは全然違う。

保科くんはきっと、自分を良く見せようとして、ブランドバッグをプレゼントしたりはしない。

保科くんが私にプレゼントをくれるなら、きっと彼が贈りたいと思ってくれたものなのだろう。

だからこそ、保科くんの好きという言葉が魅力的に聞こえて、それが呪いによるものだと思うと、胸が苦しくなるのだ。

3　いにしえの想いと結婚式

「先輩。門崎さんからメールが届いていましたよ」

　翌朝、レストランで朝食を済ませてから部屋でくつろいでいると、タブレットを触っていた保科くんが私を手招きした。

「昨日、俺たちが送った情報を参考に、梶原さんの子孫を探したそうです。そうしたら、東京に住んでらっしゃるかたが見つかったって」

「え、もう？　早くない？」

「華族って身分はなくなりましたけど、今も財界や政界にその血筋の人は多いらしいですね。そういう関係筋からの情報だそうです」

　私は思わず唸（うな）った。門崎さんがどういった人に依頼したのか知らないが、財界にツテのある人物だったらしい。霊媒なんて怪しげな職業なのに、彼の顔は広いのかもしれない。

「それで、話を聞かせてもらうよう、アポイントメントが取れたそうですよ。ただ、場所が東京なので、できれば俺たちに向かって欲しいとのことでした」

「アポはいつなの？」

「今日の十六時です」

日程を聞いて私は目を瞬いた。

「えらく急だね」

「忙しい人らしくて、今日しか予定が空かないそうです」

「まぁ、待たされるよりはいいか。急いで東京に戻らないと」

今から向かえば、約束に間に合うだろう。保科くんは頷(うなず)いてタブレットを鞄(かばん)にしまう。

私も急いで荷物の整理をした。

「もう少し京都を満喫したかったんですけど、残念です。京都美術館に行きたかったなぁ。上村松園の記念展があるんですよ」

「仕方ないよ。急いで準備して駅に向かおう」

慌ただしくホテルのチェックアウトをすませて、私たちは新幹線に乗るべく京都駅へと向かった。夕方の約束に間に合わせるには、ゆっくりしていられない。京都駅で簡単な手土産を購入して、新幹線へと飛び乗った。

新幹線の中で、もう一度アポ先の情報を確認する。約束の相手は梶原道子(みちこ)さんで、六十四歳の女性だ。ご主人は元参議院議員らしい。オカルトの類の話が好きで、今回の相談をもちかけたところ、ぜひ協力したいと乗り気だったそうだ。

「もしかして、呪いについて色々聞かれるんですかね？」

「そういう覚悟をしておいたほうがいいかもね」

「……無難に話せる内容を考えておきます」

梶原さんのお宅は、目黒区の青葉台にあるらしい。地図を見ながら大きな家が立ち並ぶ住宅街を進むと、生垣が美しい瓦屋根の立派な屋敷が見えた。あれが梶原さんのお宅のようだ。呼び鈴を押すとすぐに道子さんが応答して、家の中へと招き入れてくれた。

道子さんは六十四歳には見えない、品のある美しい女性だった。きちんとまとめられた白髪交じりの髪には清潔感がある。きっと育ちがいいのだろう、ひとつひとつの所作が美しく、上品だ。

引き戸をあけて入った玄関には、立派な花瓶が飾られていて、思わず保科くんが食いついた。

「わぁ、美しいですね。柿右衛門様式の花瓶！」

「さて、主人の趣味でして。私はあまり詳しくないのですよ」

「向こうの山水図も見事ですね、素晴らしい！」

目を輝かせる保科くんを見て、道子さんはおっとりと笑った。玄関先には他にも美術品が並んでいて、うずうずとしている保科くんの脇腹を私は軽く突いた。

「保科くん。今日は鑑定のお仕事じゃないよ？」

「わかってますよ、見ているだけです」

名残り惜しそうな保科くんを促して、応接間へと入る。そこにも立派な大皿が飾られていて、またしても私は、気をとられる保科くんを注意するはめになった。

「保科くん」

「わ、わかってますって。見に行ったりしませんよ」

手土産を道子さんに渡して、まずは今日のお礼を告げる。事情は既にある程度聞いているらしい。挨拶もほどほどに、道子さんは本題に入ってくれた。

「それで、梶原家の家系図があれば見せて欲しいとのことでしたね？」

「はい。二十世紀の初めに、梶原顕正という人がいないかを調べたいのです」

「ええ、事情は伺っております。梶原家には、古文書がたくさん残っているんですよ。ただ、私には中をめくってみても、なにが書かれているか判別できなくて」

そういって、道子さんはたくさんの紙束を持ってきてくれた。茶色く変色した古文書はどれも年代を感じさせる品物だ。

「拝見させていただいても？」

「もちろん」

私と保科くんは手分けして古文書を見分していく。数が多いので、とりあえず表紙などで年代や内容を判別して関係のなさそうなものは横に避けた。

様々な資料が残っているようだった。土地の契約書や、日記。手紙がたくさん入った箱もある。それらを端から確認して、中でも立派な装丁の冊子に私は目をとめた。

「あ、保科くん。これ、過去帳だよ！」

過去帳は亡くなった人間の情報を記した帳面のことだ。戒名と日付、生前の名前が書き連なったもので、浄土真宗において位牌(いはい)代わりに使用される。

家系図がなくても、この中にもしかしたら顕正さんの名前があるかもしれない。

「拝見させていただいても？」

「ええ、もちろんどうぞ」

古びた紙をめくると、ずらずらと名前が並んでいる。戒名と並んでいて読みにくいが、ちゃんと俗名も記載されていた。記載は昭和の中頃で終わっていて、そこから年代を遡っていく。

「あった。大正三年九月二十八日、俗名　梶原顕正。いたよ！」

私が言うと、保科くんが横から覗(のぞ)き込んでくる。

「本当に見つかるとは。命日が、あの手紙のだいたいひと月後ですね」

手紙を書いたすぐあとに亡くなったという、門崎さんの言葉とも一致している。

婚約者との結婚を夢見ながら死んでいった青年に思いをはせて、私は少し切なくなる。

「先輩、これ！」

保科くんが慌てた声をあげて、すぐ近くにあった名前を指した。命日が大正五年一月二十日。秋光院高吟道花大姉という部分は法名だ。俗名は梶原民と書かれていた。

「民さんですよ。名前。手紙の受取人、婚約者の人と同じ名前です」

「あ、本当だ。……あれ、でもまだ結婚していなかったはずだよね」

顕正さんは亡くなって、民さんとは結婚しなかったはずだ。それなのに、ここに梶原民として名前があるのは不自然だ。

「同じ名前の別人とか?」

民なんて、その時代にはよくある名前だ。同じ名前の別人ではないかと思ったが、保科くんの考えは違うらしい。

「この時代、結婚は今と違って家と家の結びつきでしょう? 顕正さんが亡くなってしまったので、別の兄弟と……という風になった可能性もあります」

「まさか」

思わず否定してしまったが、時代は大正だ。このころ、結婚相手は親が決めるのが当然だったはず。しかも、名家ならば、よけいに家同士の結びつきは大事だっただろう。だとすれば、民さんもそれなりの家の人間だったと考えられるし、顕正さんの死後に別の兄弟との縁談があった可能性はゼロではない。

「もうちょっと手掛かりはないかな。他の資料も探してみよう」

私たちは他の古文書も引っくり返した。そして、手紙の束の中に、民さんが受け取ったと思われる手紙が混ざっていたのを発見する。

「保科くん、これ!」

私は手紙を開いて保科くんとふたりで中を覗き込む。その手紙は、民さんの実家からのものだった。近況や体調を気遣う文で始まり、顕正さんのことは残念であったが、いただいたご縁を大事によく夫に仕えるように、というようなことが書かれている。

「間違いなさそうですね」

手紙を読んで、保科くんは複雑そうな顔をした。私も同じ気持ちだ。手紙には民さんの体調を気遣う文面があったが、それによると民さんは、懐妊したが気鬱でずっと床に臥(ふ)せっていたようだ。

無事に出産できたのかどうかはわからないが、過去帳によれば顕正さんのあとを追うように、二年後に民さんは亡くなっている。

「意図せず婚約者の墓がわかりそうですが、どうします?」

問いかけられて私は黙ってしまった。もし民さんが顕正さんの兄か弟と結婚したのであれば、顕正さんと民さんは、同じ墓に入っている可能性すらあるのだ。しかも、自分の兄弟の奥さんとして。

そんな場所に簪(かんざし)を捧(ささ)げたとして、はたして顕正さんは納得できるのだろうか。

道子さんにお礼を告げて、私たちは梶原家をあとにした。念のために梶原家のお墓も教えてもらい、墓参りをする許可も得ている。

西に傾いた太陽が長く影を伸ばす。少しだけ暑さが和らいだ道を駅に向かって歩きながら、私は口を開いた。

「どうする？　お墓、向かってみる？」

幸い、梶原家の墓があるのも都内で、ここから遠い場所ではない。それでも気が乗らないのは、お墓に簪を供えたところで、呪いが解けるような気がしなかったからだ。

「顕正さんの霊には、意識があったのかな。だったら、民さんが兄弟と結婚したって知って、どんな気持ちだったんだろうね」

「さあ。俺なら絶対に嫌ですけどね。好きな人が自分以外の相手と幸せになるところなんて、見たくありません」

「幸せになったって感じでもなかったけどね」

「……だったら、なおさら嫌ですよ。死んでも死にきれません」

私も保科くんに同意だ。民さんの気持ちは手紙には綴られていない。民さんが顕正さんを愛していたのか、それともただの婚約者と思っていたのかわからないが、結婚後の手紙を見る限り、顕正さんの死に悲しみを覚えていたのだろう。それでも、顕正さんの兄弟と結婚するしかなかった。

「もしかして、それで簪が届かなかったのかな」

「それでって？」

「顕正さんの親は、顕正さんが死んだあと、別の兄弟と民さんを結婚させようとしたわけでしょう？　だったら、未練になるものはないほうがいいって思ったのかも。だから、簪を民さんに渡さず別の人にあげたとか、売ったとか」

百年も前のことをたしかめる術はないから、想像の域をでないが、そんな風に考えてしまった。

なんともやりきれない気持ちが渦巻く。呪いを残した本人だというのに、顕正さんに同情してしまいそうだ。

「お墓には、高級な線香でも供えましょう」

「そうだね」


私たちはお線香とお花を買って、道子さんに教えてもらったお墓へと向かった。寺院に併設された墓地の一角にあるようだ。

虫の声に混じって、ごーんと遠くで鐘が鳴った。空は暗くなり始め、蒸し暑く湿気た夜の匂いに線香の残り香が混じる。こんな時間だからか、他に参拝客の姿はない。梶原家の墓石は新しく、綺麗に整えられていた。きっと最近、修理かリフォームがおこなわれたのだろう。

お花を供えて、ろうそくとお線香に火をつけてから、お墓の前に簪の入った箱を置いた。保科くんと並んでお墓に向かって手を合わせる。

「民さん、顕正さん。簪を届けにきました」

語りかけてから、目をつぶってふたりの冥福を祈った。数秒してから目をあけて、簪の入った箱を見る。箱からはまだ黒いモヤが立ち上り、保科くんに繋がったままだった。

「保科くん、なにか変化あった？」

「残念ながら」

私たちは顔を見合わせてため息をついた。

なんとなく、ダメな気はしていた。だけど、これで呪いが解けないのであれば、いったいどうすればいいのだろうか。

「顕正さんの未練って、どうすればなくなるんだろうね」

顕正さんが好きだった民さんも、もう亡くなってしまっている。想いを伝えることも、恨み言を言うことも、もうできないのだ。

もう一度、門崎さんに相談してみるのがいいかもしれない。あるいは、危険と言われた強引な手段で除霊するしかないのかも。

「顕正さーん。どうしたら成仏してくれるんですか？」

私は桐箱に向かって話しかけてみた。箱からはモヤが出るばかりで、言葉が返ってくることはない。

「なにやってるんですか、先輩」

「うーん。顕正さんが簪に憑りついてるなら、答えをくれないかなって思って」

「そんな風に喋れるものでもないでしょう」

保科くんはくすくすと笑って、桐箱を持ちあげた。

「顕正さんは、もしかして、民さんを恨んでいるのかな」

「それはないと思いますよ」

私の呟き(つぶや)を保科くんがきっぱりと否定した。

「なんでそう思うの？」

「呪われているからですかね。なんとなく、顕正さんの気持ちがわかるんです」

保科くんは言ってから、手の中の桐箱に視線を落とした。

「この簪の呪いは、先輩のことが好きでたまらなくなる——というものです。たぶんこの感情って、顕正さんが民さんに向けていたものだと思うんですよ」

もし顕正さんが民さんを恨んでいたのなら、呪いの効果はもっと別のものになっただろうと保科くんは言った。

「恨んでいるとか憎いとか、そういう感情ってないんです。ただ俺が——顕正さんが思うのは、好きな人と一緒になりたいってことです。好きな人のそばにいて、愛していると伝えたい。二度と離れたくない、そういう感情です」

「最終的に同じお墓に入ったのに、一緒にいることにはならないのかな」

「戦争で命を落としたのだとしたら、顕正さんが亡くなったのは中国でしょう？　遺体が戻ってきたとは限りませんよ」

そうか。もしかしたらこのお墓には、顕正さんの遺骨がない可能性もあるのか。

「たぶん、顕正さんが民さんに気持ちを伝えるか、一緒になれれば呪いは解けるんでしょう。だけど、顕正さんも民さんも亡くなっている。そのふたりを物理的にどうこうするのは不可能だ」

「そうだよね」

「だから、俺が代わりに、顕正さんの念願を叶えればいいんじゃないかって思うんです」

保科くんの言いたいことがわからず、私は首を傾げた。

「えっと、つまりどういうこと？」

「顕正さんが民さんへ向けていた想いは、俺が今先輩に抱いている想いです。だから、俺と先輩が顕正さんと民さんの代理として願いを叶えてあげれば、満足するのではないかと」

なるほど。それは一理あるのかもしれない。

「だけど、なにをすれば願いを叶えたことになるの？　一緒にいたいって言っているけど、保科くんが呪われてからこっち、私たちはずっと一緒にいるよね」

なんなら、キスやそれ以上のこともした。これ以上ないくらい近くにいるのに、呪いは解けていないのだ。これ以上どうしろというのか。

「ひとつだけ、叶えていないことがありますよ」

保科くんは、真剣な顔をして私の手を握った。

「三枝先輩、俺と結婚してください」

まさか、こんな墓地のど真ん中でプロポーズされると思っておらず、私は混乱した。保科くんに摑まれた指に熱がともる。恥ずかしくなって、私は慌てて手を払った。

「ほ、保科くん、結婚ってどういうこと？」

そもそも、私たちはつきあってすらいないのだ。呪いが解けたらもう一度告白してくれるという約束はしていたが、それを全部すっとばしてプロポーズとは、なにを考えているのか。

「顕正さんの一番の未練は、民さんと結婚できなかったことです」

「まさか、それで？　保科くんと私が結婚したら未練は晴れるかもってこと？」

なるほど。いきなり保科くんがプロポーズをした理由はわかった。だけど、叶えられるかどうかは別問題だ。

「呪いは解けるのかもしれないけど、でも、呪いを解くために結婚なんて無理だよ」

いくらなんでもそんな理由で結婚なんてできない。そもそも、私と保科くんが結婚したとしても呪いが解ける保証もないのだ。

「わかっています。だから、フリだけでも試してみませんか？」

「フリだけって、どういうこと？」

「先輩は、結婚と言えばなにを想像します？」

「うーん。やっぱり、結婚式かな」

私がそう答えると、保科くんは首を縦に振った。

「そうですよね。だから、やりましょう。結婚式」

「意味がわからないんだけど。結婚しないのに、結婚式だけやるってこと？」

話が突拍子もなくて頭がクラクラする。

そりゃあ、籍を入れていなくてもお金を払えば式くらいはできるだろう。だけど、結婚式を挙げるのって数百万円するんじゃなかったっけ。それを、フリでおこなう？

「無理でしょ。いくらかかると思ってるのよ」

「結婚式の費用のほとんどは披露宴にかかるお金ですよ。今回は呪いを解くのが目的ですから、ゲストを呼ぶ必要はありませんよね」

「むしろ、呼ばれたら困るよ」

本当に結婚するわけじゃないのに、招待客を呼べるはずがない。

「衣装をレンタルして、式だけ挙げるんです。時代を考えても和装がいいと思います」

「つまり、白無垢（しろむく）を着て結婚式ごっこをするってこと？」

「ごっこですが、本気で挙げますよ。神社には偽装だって伝えませんし、先輩も本当に俺と結婚するような気持ちで挑んでください」

冗談で言っているのかと思ったが、保科くんの目は真剣だった。

まさか、本気でそんな大掛かりなことをするつもりなのだろうか。

「待ってよ。いくら招待客を呼ばずにふたりでやるとしても、それでも結構お金がかかるでしょ」

「ちょっと待ってくださいね。いくらでやれるか調べます」

保科くんはスマホを操作して、数秒後、明るい声を出した。

「安いところだと数十万円でできるそうですよ。そのくらいなら、俺が出します」

「俺が出すって、数十万でも気軽に払える金額じゃないでしょう」

いくら呪いを解くためだとはいえ、確証もない話にポンと払える額ではない。

「そうですか？　美術品なら、もっと高いものもざらですし」

「保科くんって、美術品収集もやってるの？」

「どうしても欲しいものだけですよ。マンションだと置き場所に困りますし。今回の場合は置き場所を考えなくていいから楽ですね。どんな着物がいいですか？　衣装は先輩の好きに選んでくださってかまいませんよ」

保科くんの金銭感覚に目を丸くする。本当に同じお店でお給料をもらっているのだろうか。

「待って、落ち着いて保科くん。そもそも、呪いが解ける保証もないんだよ？　無駄になったらどうするの」

「無駄になってもかまいませんよ。先輩の花嫁姿が見られるなら、そのくらい安いものです」

「本気で言ってる？　絶対、そのお金で旅行でもしたほうが有意義だよ」

「俺にとっては、この上なく有意義な使いかたですよ。ああ、でも先輩がついてきてくれるなら、旅行に行くのもいいですね」

そうだった。この呪いが解けない限り、保科くんはひとりで旅行にも行けないのだ。

そう考えると、呪いが解ける可能性があるならば、偽の結婚式をやってみる価値はあるのかもしれない。

「本当にするの？」

「もちろんです。つきあってくれますよね？」

頼まれてしまえば、嫌だとは言えない。私が渋々頷くと、保科くんは嬉しそうに笑ったのだった。


婚約者の墓を見つけたけれど、簪を供えても呪いは解けなかったことを門崎さんに報告した。ついでに、保科くんが言うように、疑似結婚式で呪いが解ける可能性はあるかと質問してみる。門崎さんの答えは、保科くんのいうやりかたで呪いが解ける可能性は十分あるということだった。

門崎さんにも太鼓判を押されて、いよいよあとに引けなくなった。

お墓参りを終えた私たちは、保科くんの家に泊ることになった。私の家でも良かったのだが、保科くんの家のほうが広いとのことだったので、お言葉に甘えることにした。

昨日、荷物を取りに来たときも思ったが、保科くんはかなりいいマンションに住んでいる。今回は部屋の前で待つのではなく、家の中までお邪魔させてもらったから、なおさらその感想が強くなった。

間取りはうちと同じ1LDKなのだが、部屋の広さが違う。キッチンは最新式のシステムキッチンで、家具も立派なものをそろえているようだ。ガラスのついた飾り棚に、小さめの焼物が並んでいるのも彼らしい。

保科くんは、夕食を作ると言って、キッチンに立った。ひとり暮らしにしては大きい冷蔵庫をあけて、ソファーで待つ私を振り返る。

「先輩、ゴーヤって食べられます？」

「大丈夫だよ。食べ物の好き嫌いはないから」

「さすがですね」

軽快な手つきでゴーヤを刻んで、フライパンにいれる。今夜のメニューはゴーヤチャンプルーらしい。季節の野菜とはいえ、冷蔵庫にゴーヤが入っているのが驚きだった。

「保科くんのほうがさすがだよ。料理できるんだね」

「結構好きなんですよ。自炊したいので、キッチンはこだわりました」

「立派なキッチンだもんね。しかし、よくお家賃払えるね」

保科くんの家は新しくて広い。結婚式の件といい、うちのお給料でよくやりくりできるなと感心したのだが、彼は苦笑してフライパンの火を止めた。

「賃貸じゃありませんから、家賃とかは、まぁ」

「え、分譲マンションなの？」

「分譲って言うか、親のマンションだったんですよね、この建物。贈与されたので、今は俺の管理なんですけど」

「え、マンション？　この部屋だけじゃなくて、マンション一棟ってこと？」

ファミリー向けではないが、そこそこ大きなマンションだ。それが一棟、保科くんの持ち物？

私が目を丸くすると、保科くんは頷いて肯定する。

保科くんはゴーヤチャンプルーを皿に盛ると、作ってあったスープをよそって、白ご飯と一緒にテーブルに運んでくれる。私は慌てて食器を並べるのを手伝った。

「管理とかは委託しているので、俺はなにもしてないんですが」

「それって不労所得ってことでしょ。え、すごくない？」

「その分、税金もかかるんですよ。まぁ、収支はプラスですけど」

「保科くんの実家って、お金持ちなの？」

「親が事業を起こして成功していますね」

それってつまり、親が社長ってことじゃあないだろうか。私は思わず目を瞬く。

料理を並べ終えると、私と保科くんは向かい合って座った。

「いただきます」

手を合わせてから、作ってもらった夕食を口に運ぶ。ほろ苦いチャンプルーは味付けも絶妙で、白ご飯が進んだ。

「美味しい。すごいな、料理も上手なんだね」

「口に合いました？　俺と結婚したら、毎日作ってさしあげますよ」

「それは、心がぐらつく口説き文句だなぁ」

実家がお金持ちで料理もできる。家の中も散らかっている様子がないし、家事だってひと通りこなせそうだ。

もしかしなくても、保科くんってすごいのでは？

「保科くん、なんでうちに就職したの」

親が会社を経営しているなら、そこで働こうとはならなかったのだろうか。

そうじゃなくても、不労所得だけでも生活できたんじゃないのかな。それなのに、どうしてうちの店を選んだんだろうか。

「家業は兄が継いでいますし、俺はあまり事業に興味を持てなくて。特にうるさく言われなかったから、好きなことを仕事にさせてもらいました。個人で勉強するよりも、店にいたほうが色んな情報が入って来ますし、古美術品に触れる機会も増えますから」

「なるほど。保科くん、古美術品が好きだもんね」

神島古物商店はブランドバッグや貴金属などの買取りから、骨董品、茶器や絵画などの古美術品の買取りまで幅広く行っている。が、古美術品の鑑定については本当に様々な知識が必要で、私も勉強はしているが、まだほとんど鑑定はできない。人員が不足している中、保科くんが来てくれて助かったのだ。

「古美術品を好きになったきっかけってあるの？　若い人にしたら珍しい趣味だよね」

うちの店でも古美術品が売られてくるが、若い客は少ない。たまに来ても、遺品整理などで、親や祖父母が集めていたものを持ってくるのがほとんどだ。どうして保科くんが古美術品に興味を持ったのか気になって尋ねてみると、彼は記憶を辿るようにうーんと唸った。

「亡くなった祖父の影響ですね。うちは両親が仕事人間で、長期の休みになると、祖父母がいる田舎に預けられていたんです。その祖父が、骨董趣味な人だったんですよね」

「そこには、色んな骨董品があった？」

「ありましたね。ただ、祖父は目利きはからっきしで。価値の低い品物も、自分が気に入ったって理由で大事に飾る人だったんです。それこそ、有名作品の贋作でも。それが贋作だって知っているのに、気にせずに飾って大事にするんです」

それはまた珍しい。多くの人はいくら大事にしていた品物でも、それが贋作だと知れば落ち込むものだ。鑑定後に贋作だと知って、処分を申し出る人も少なくない。

「あるとき祖父の家を訪れた人が、陰で笑っているのを聞いたんです。あの爺さんは、偽物の壺を後生大事に飾っているって。幼かった俺は祖父が馬鹿にされているのが許せなくて、祖父の目を盗んでその壺を割ったんです」

「それは……怒られた？」

「怒られましたね。価値のない偽物だからいいじゃないかって俺は反論したんですが、なにに価値があってなにに価値がないかは俺が決めると、それはもうすごい剣幕で」

　叱られた話だというのに、保科くんは楽しそうに笑っている。きっと、保科くんはおじいさんのことが好きだったのだろう。声におじいさんへの親愛の色が表れていた。

「その壺は祖父の友人が騙されて購入してしまったもので、だけど祖父はその友人を助けるために、これはいい壺だ、ぜひ譲って欲しいと言って買い取ったそうです。その友人は、これは偽物だからと売るのを渋ったそうですが、俺の目には本物よりもいい品に見える。俺にとってはこっちのほうが価値ある壺だと、無理に買い取ったんだとか」

　その話から、保科くんのおじいさんの人柄が見えてくるようだった。友人思いで、それで、少し頑固な人だったんだろう。

「友人の気が重くならないようにか、それとも本当に気に入っていたのか、祖父はその壺を玄関の一番いい場所に飾ったんですよ。馬鹿みたいですよね」

「優しいおじいさんだったんだね」

「優しさがわかりにくい人でしたよ。だけど、その件がきっかけで、俺は古美術品に興味を持ったんです」

　保科くんはそう言って、部屋の中にある飾り棚に視線を送った。その中には、いくつかの美しい焼物が飾られている。どういう由来の品なのか、保科くんに聞けばわかるのだろうが、私にはぱっと見ただけで判別はつかない。

「古美術品は、もちろん美術品としての価値があります。いつ頃の品だとか、作者は誰だとか、世間にどれだけ評価されるかを決めるのが鑑定です。だけどそれとはべつに、それを作った人間や持ち主の特別な思いとかがあって、そういった物語を想像するのがたまらなく面白いと思ったんです」

「そうだね。いくらお金になっても、思い出の品だから絶対に売らないって人もいるし、無価値なものでも、大切にしている人もいる」

私たちは鑑定をして品物の値段を決めるけれど、その値段は結局、買い手があってこそなのだ。どんな質のいい宝石でも、欲しいと思う人がいなければ安くなるし、粗雑な品でも高額を出していいという人がいれば高くなる。

品物の価値は時代やニーズによっても変わっていく。絶対的な指標なんてない。

「なにに価値があってなにに価値がないかは俺が決める、か。いい言葉だね」

「同じ骨董趣味でも、人によって欲しいと思うものは別ですからね。俺はいわくのついた品が特に好きで……実をいうとあの簪も、クライアントが許可をくれたら、個人的に買い取れないかなって思っています」

保科くんの言葉に、私はちょっとぎょっとした。

「呪われた簪だよ？」

「そうですね。だけどあの簪には、顕正さんが民さんを好きだったという気持ちが詰まっています。悪いものではないですよ」

「いや、でも、現に迷惑を被っているじゃない」

「先輩の近くにいなきゃいけないっていうのは、俺にとっては迷惑でもなんでもないですよ。むしろ、こうして先輩に近づくきっかけを与えてくれたことに感謝したいくらいです」

保科くんは綺麗にお皿を空っぽにすると、箸を置いてご馳走様と手を合わせた。そのまま食器を持って立ち上がろうとしたので、私は待ったをかける。

「あ、片づけは私がやるよ。ご馳走様。美味しい夕食をありがとう」

「ありがとうございます。じゃあ、俺、風呂沸かしておきます」

脱衣所に消えていく保科くんを見送って、私は食器を片づける。スポンジに洗剤を垂らして油汚れを落としていると、保科くんが戻ってきた。リビングでゆっくりしていればいいのに、保科くんはなぜかダイニングテーブルに座って、にこにこと嬉しそうに私を見つめる。

「なんか、こうしてると新婚みたいですよね」

「んっ、ごほん。保科くん、そういうこと言わない」

「いいじゃないですか。結婚式も挙げる仲なんですから」

本当に、こうやってさらっと口説いてくるから困る。

私は赤くなる顔を隠すようにうつむいて、油汚れをごしごしと擦った。

「ねぇ、先輩。そろそろ俺に絆されてくれました？」

「言ったでしょ。保科くんが呪われている限り、絆される予定はありません」

「でもそれって、呪いが解けたら絆されてもいいってことですよね？」

私は返事ができなかった。無言は肯定と変わらない。それでも、決定的な言葉を口にすることはせず、洗った食器を乾燥機に入れていく。

「先輩、本当に可愛いですね。否定しないなら、都合のいいように解釈しますよ？」

「好きにすればいいよ」

「好きにしていいんですか？」

保科くんは嬉しそうに言って立ち上がり、キッチンへとやってきて私の真後ろに立つ。

「先輩、好きです。俺の彼女になってください」

ぎゅっと後ろから私を抱きしめて、保科くんは耳元で甘く囁く。

「保科くん、作業できない」

「あとでいいですよ。片づけより、俺にかまってください」

保科くんは後ろから私のうなじに軽く口づけを落とす。こんなことをされては、片づけどころではない。

「先輩、耳真っ赤ですよ。昨夜のこと、思い出しました？」

「ほ～し～な～く～ん！　そういうことを気軽にしないの！」

私は恨みがましい声をあげたが、保科くんは私を抱きしめたまま離れようとしない。

「先輩。抵抗したいならもっと本気で抵抗してくれないと。俺、止まりませんよ？」

「あっ、こらっ！」

保科くんの手がシャツの裾から入り込み、私のお腹のあたりを撫でる。

「抵抗したって止まってくれないじゃないの！」

「だって、先輩、本気で嫌がっているように見えないんです。俺のこと、嫌いじゃないですよね？」

「そりゃあ、嫌いではないけど」

「じゃあ、好き？」

抱きしめながら問いかけられて、返事を返すことができない。

本当はもうわかっている。私は、保科くんに惹かれている。それでも決定的な言葉を口にしないのは、怖いからだ。

「俺は先輩が好きですよ。愛しています」

愛を囁かれて胸のあたりが苦しくなる。嬉しいのに、それと同じだけ不安になる。

私は保科くんを押し返して距離をとると、首を左右に振った。

「呪われてるくせに。その気持ちのどこまでが呪いかもわかんないのに、気軽に言わないでよ」

「たしかに、俺は呪われています。だけど、他の人じゃなくて先輩相手にこの呪いがかかったのは、俺がもともと先輩を意識していたからですよ」

「偶然私がその場にいたからかもしれないじゃない」

「違いますよ。相手が先輩じゃなかったら、こんな気持ちになっていません」

「信用できない」

私がぴしゃりと言うと、保科くんは小さく息をはいて悲しそうに目を伏せた。

保科くんの傷ついた顔を見て、私の胸がズキリと痛くなる。

「すみません、ちょっと気持ちが急き過ぎました。呪われてる俺の言葉なんか、信用できなくて当然ですよね」

「あ……」

なにか言わなくてはと思うのに、上手く口から言葉が出ない。私がなにも言えずにいると、保科くんはくるりと身を翻して私に背を向けた。

「ちょっと頭を冷やしたいので、先にお風呂に入って来ます。洗い物、お願いします」

保科くんはそう言い残すと、脱衣所へと消えて行った。私は身動きひとつせずに閉じた脱衣所の扉を見つめていたが、ぴちょんと蛇口から水滴が落ちる音で我に返る。

保科くんを傷つけてしまった。

自己嫌悪が湧き上がる。感情を誤魔化すようにスポンジを掴んで、汚れのついた皿をごしごし擦った。お皿はどんどん綺麗になるけれど、私の心は一向に晴れない。

だって、他にどうすればいいのか。

私は保科くんを好きになるのが怖いのだ。好きになって、呪いが解けてから、私のことなんて好きじゃないって言われるのが怖い。できれば呪いが解けて、安心を得てから恋がしたい。そう思うのは卑怯だろうか。

食器を乾燥機に突っ込んで脱衣所へと目をやると、シャワーの音が聞こえた。落ち着かない気持ちでソファーに座って、保科くんが戻ってくるのを待つ。

やけに喉が渇く気がした。保科くんの気持ちを否定した私に、彼はまた笑ってくれるだろうか。

ズルイ気持ちがお腹の中でどろどろと渦巻く。自分は好きだと言いたくないのに、保科くんの気持ちが離れるのは嫌なのだ。

脱衣所のドアが開いて保科くんが出てきた。彼は私を見つけると、いつもと同じような笑顔を浮かべる。

「先にお風呂いただきました。先輩もどうぞ」

いつもの保科くんだ。

保科くんの笑顔を見てほっとして、安心してしまった自分が嫌になる。

私はなに一つ彼の気持ちに答えていないのに、本当にズルイ。

「ありがとう。私もシャワー借りるね」

頭を冷やしたいのは私も同じだ。家から持ってきた着替えを抱えると、逃げるように脱衣所へと入っていった。

シャワーを浴びてリビングに戻ると、保科くんはソファーに座ってビールを飲んでいた。

「先輩も飲みますか？」

「いただこうかな」

私は保科くんの隣に座った。保科くんはすぐさまグラスにビールを注いでくれる。白い泡が消えないうちに、コップに口をつけた。

「さっきはすみません。呪いが解けるまで待つって言ったのに、気持ちを聞き出そうとして」

保科くんに謝罪されてしまい、私は首を左右に振った。

違うのだ。保科くんはなにも悪くない。悪いのは、素直に気持ちを受けとめられない私だ。

「ちゃんとわかっているんです。先輩の元彼の話を聞いて、先輩が簡単に好きだって言葉を信じられないんだろうって。だけどなんていうか、早くこの時間をたしかなものにしたくて、焦ってしまいました」

「たしかなものに？」

「情けない話ですが、俺も不安なんですよ。もし呪いが解けてこの関係が終わって、先輩が離れてしまったらって思ったら、怖いんです」

微かに震えた声で紡がれた言葉に、私はハッと身体を固くする。私は自分の不安ばかり考えて、気持ちを口にしないようにしていた。だけどそのことで、保科くんを不安にさせていたのだ。

「保科くんも怖いって思ったりするの？」

「怖いですよ。俺だって臆病なところもあるんです。きっと、呪いがなかったら、こんな風に先輩にアプローチなんてできなかった」

「本当に？　保科くん、思ったことはすぐに口に出しそうなのに」

歯に衣着せず、誰が相手でも思ったことをズバズバ言えるのが保科くんだ。その保科くんが、呪われる前は私を好きだなんてそぶりを見せなかった。だからこそ、私は彼の言葉をいまひとつ信用できないでいるのだ。

「先輩ほど酷い体験はしていませんが、俺もあまり恋愛って得意じゃないんです」

「なにかあったの？」

「学生のときにいい感じになった子がいて、その子と一緒に美術館にデートに行ったんです。そこでまぁ、俺はいつもの調子で展示に夢中になって。でも彼女は嫌味ひとつ言わないで、ずっと笑って俺につきあってくれていたんです」

「それはすごいね」

保科くんは美術品について語りだすと、なかなか止まらない。美術館ともなれば、つきあうのは大変だっただろう。

「そうなんですよね。だから俺は彼女も美術品に興味があるんだと思いこんで……でも結局、彼女は無理していただけだったんですよ」

　さもありなんと私は心の中で合掌した。ようは保科くんに気に入られたくて、保科くんの趣味に合わせていたのだろう。

「保科くんのことが好きだったから、良く思われたかったんじゃないの？」

「純粋な好意ならまだ良かったんです。でもなんていうか、俺、実家がそこそこ金持ちだったんで。あとは俺の外見とか、結局はそういうのを気に入ったらしいんですよね。俺の趣味は最悪で、俺の性格はイマイチなんだとか。デリカシーがないらしいです。そんな風に友達に愚痴っているのを聞いてしまって」

「ああ、それは……」

「間が悪かったんですよね。いや、逆に良かったのかな」

　陰口を言われているのを聞いてしまって、保科くんはその子に幻滅してしまったらしい。

「それ以来、あんまり真面目に恋愛ってしてこなかったんです。そのあとも、告白されて何人かとつきあったんですけど、どうも本気にもなれず、長続きもしなくて。向いてないなって」

「なにがダメだったの？　やっぱり、趣味が合わないから？」

　私が尋ねると、保科くんは首を左右に振って否定した。

「そう思って、同じように美術品が好きだって人とつきあったこともあるんです。だけど、やっぱり合わなかったんですよね。なんていうか、俺、自分に媚びてくる相手が無理みたいで。俺がこれを好きだって言ったら、そんなに興味もないくせに、自分も好きって合わせてくる相手とか」

「ああ、女性はそういうの多いかもね」

男性に比べると、女性は共感を大事にするらしい。それゆえに、大して興味がないこと
でも、相手がそれを褒めていたら、まず共感して肯定することが多いとか。

相手が自分の好きな人ならば、なおさらだろう。

「そういうものなんですかね。でも、先輩は結構、俺のこと雑に扱うでしょう？」

「え、うそ。後輩としてそこそこ丁寧に面倒見てきたつもりなんだけど」

面倒くさい後輩だとため息をつきたくなることもあったが、雑に扱ったつもりはない。

私が心外だと告げると、保科くんは軽く笑った。

「そういうのじゃなくて、俺に媚びるところがまったくないっていうか。俺がなにかを好
きだっていっても、意見が違ったら堂々と言うじゃないですか」

「そうだっけ？」

「俺が明時代の虫草図をべた褒めしていたとき、そんな気持ち悪い絵のどこがいいの？っ
て言ったのは忘れませんよ」

そんなことを言っただろうか。いや、言ったかもしれない。

名画をけなしてしまったエピソードを持ち出されて、私は目を泳がせた。

「いやほら、中国絵画でしょ。好きなものは好きなんだよ。花鳥図とか見事だなぁって思
うやつもあるし。でもさ、題材が虫とか怪物とか、すんごいのもあるじゃない？」

「虫なんかは細部がよく観察されていて、細かい部分まで緻密に描かれているのが見事だったり、妖獣なんかがモチーフの画は、今にも動き出しそうな迫力が素晴らしかったりするんですけどね」

「いや、ごめんってば。うっかり名画を悪く言ったの、根に持ってるの？」

私がおっかないと肩をすくめると、違いますよと保科くんは首を左右に振った。

「俺がいいと思ったものが、万人に共感されるわけじゃない。価値ある名画だって、それが別の時代、別の人によって描かれたものなら、無価値になったりもするんです。人によって感じかたが違うのは当然ですよ。当然なんですけど、俺に向かって反対意見を言う人ってあんまりいないんですよね」

「それはそうでしょう。保科くんはその道のプロなわけだし」

鑑定できるほど知識を持った人間が褒めた作品に向かって、あれこれ意見を言うのは難しい。

たとえ内心は違うと思っても、とりあえず頷いておきたくなるものだ。

「でも、先輩は結構意見を言うんですよね。これは好きだとか、嫌いだとか」

「言っておくけど、本当に個人的な嗜好(しこう)だからね？　美術品の価値とは関係ない意見だし」

私は美術品の鑑定はほとんどできない。基礎知識として価値がつきやすい作家や、買い取れる作品の特長などは知っているけれど、美術品そのものの善し悪しはさっぱりだ。私が慌てると、それでいいんですと保科くんは笑った。

「先輩なら、贋作や価値のない画でも、自分が気に入ったものは堂々と好きだって言いそうですよね。そういうの、心地いいなって思ったんです。それが、先輩を気になりだしたきっかけ」

　懐かしむような保科くんの言葉を聞いて、私は目を瞬いた。保科くんが私のことをそんな風に思ってくれていたなんて、思ってもみなかった。

「そうやって先輩のことが気になりだして観察していると、色々と見えてくるんですよね。先輩の仕事の姿勢とか。先輩、わけあって物を売りに来た客には、親身になって相談に乗っているでしょう？　お人よしですよね。でも、そういうところがいいなって思って、ますます好きになりました」

　たしかに、自分の経験があったから、特に恋愛がらみで品物を売りに来たクライアントには親身になってしまっていた。ときには相談室に連れて行って、一緒になって泣いてしまうこともあった。

　そういうのを保科くんに見られていたのだと思うと、なんだか恥ずかしい。

「俺が前から先輩を好きだったって、少しは信じてもらえませんか？」

「……うん」

　保科くんが挙げてくれたのは、全部、彼が呪われる前の話だ。そんな風に、どうして好きになったかを教えられると、本当なんじゃないかって思える。

「俺、あんまり恋愛で上手くいったことがなくて。先輩も俺をそういう対象に見てないのは明白でしたし、下手に色気を出して関係が壊れるのも怖いなって思ったら、なにもできなかったんですよね」

保科くんの言葉を、私は自分の体験に照らし合わせていた。過去、恋愛が上手くいったことがないのは私も同じだ。元彼とのことがあって、私は恋愛に臆病になってしまった。

保科くんが強引に迫ってくれなければ、あるいは呪いという口実がなければ、こうやって、恋愛について考えることもしなかっただろう。もし好きな人ができても、自分からアプローチなんてできなかったに違いない。

「本気で恋愛なんてしてこなかったから、自分がこんなにも臆病だと思っていませんでした。だけど、押しこめていた気持ちを呪いが全部解放してくれて……一度先輩に触れたら、もう前みたいな関係じゃあいられないって思ったんです。先輩後輩じゃなくて、俺は先輩のただひとりの相手になりたい」

感情を吐露すると、保科くんは切なさのこもった目で私を見つめた。

「先輩が好きです。どうか、俺の気持ちが本物だって信じて欲しい」

まっすぐ保科くんに見つめられて、締めつけられるように胸が苦しくなる。

冗談の混じらない、本気の言葉だと思った。

保科くんは不安だって言っていた。恋愛が怖いのは、きっと私だけじゃないんだ。相手の気持ちがどこにあるか、自分のことをどう思っているのかを探って、嬉しくなったり不安になったりする。

それでも気持ちを伝えるのは、どれだけ勇気がいることなんだろう。

だけど、私は保科くんの気持ちをたくさん否定した。呪いがあるから、嘘かもしれないから。そんな言葉を重ねて、信じようとしなかったのだ。

「私は……」

口を開きかけてまた閉じる。保科くんの気持ちに応えたい。だけど、気持ちを口にするのは怖い。

相手を信じて裏切られた、あのときのみじめな思いが湧き上がる。

「私も、好きだよ」

微かに震えながら、どうにか言葉を絞り出した。声が少し震えてしまったかもしれない。

それでも、伝えないわけにはいかないと思った。

呪いが消えて、もし保科くんが変わってしまっても。

それでも、今、保科くんが私にくれている想いに応えたかった。

「私も保科くんのことが好き」

今度は、もう少しはっきりと声が出た。

気持ちを伝えるのは怖いことだ。保科くんの反応が気になって、私は恐る恐る彼の顔を見る。保科くんは目を丸くして、信じられないという様子で私を見つめていた。

「先輩……ほんと、ですか？」

「本当だよ。保科くんの呪いが解けたら、すべてなかったことになるんじゃないかって思うと、怖くて、なかなか言えなかったけど」

　今だって本当は怖い。保科くんが私に甘いぶん、幻みたいに消えてしまったらと思うと、怖くてたまらない。だけど、いくら誤魔化したって、私はもう保科くんを好きになってしまったのだ。だったらもう、怖くても前に進むしかない。

　私の言葉を受けて、保科くんは嬉しそうに笑った。

　この笑顔が見られただけで、言って良かったという気になれる。

「先輩。俺も好きです。先輩が好き」

「んっ……」

　保科くんはぎゅっと私の身体を抱きよせると、唇を重ね合わせた。

「呪いが解けるのなんて待てません。先輩、俺の彼女になってください」

「でも、それで呪いが解けて、やっぱり勘違いだったってなったらどうするの」

　私は呪いの影響を受けていない。だから、きっと保科くんの呪いが解けても、この気持ちは残る。

　だけど、保科くんはどうなるかわからないのだ。

「そんなことにはなりませんよ。自信があります」

「なんの根拠もないよね、それ」

「もしこの気持ちが消えてなくなるなら、もう一度、俺を呪ってくれてもいいです」

　呪いを解いてしまえば、もう一度、呪うことなんてできない。

だから、やっぱりなんの保証もない言葉だ。

「もしそうなったら、今度は私が保科くんを呪ってやるから」

「はは、それいいですね。先輩に呪われるなら本望です」

「ん……」

再び唇が重なる。絡まる舌がとても甘くて心地いい。

保科くんの気持ちに応えるように、私も彼の背中に腕を回した。ぎゅっと抱きしめると、保科くんの鼓動が速くなっているのがわかる。今までもずっと、抱き合ったときの彼の鼓動は速かった。だけど、私はそれを呪いのせいだと、気づかないフリをしていたのだ。

「ベッドに行きませんか？　今すぐ先輩を抱きたい」

ストレートに誘われて、私も首を縦に振った。私も同じ気持ちだったからだ。

保科くんの寝室はリビングから続きになっている。ドアをあけるとすぐに空調を入れた。ベッドの上にある冷房が静かに起動する。

室内はシンプルで整然としていた。ウォルナットでまとめられた家具は統一感があり、凝った内装というわけでもないのに、上品に落ち着いて見える。ベッドはいいものを使っているようで、セミダブルくらいの大きさはありそうだった。ホテルでもないのにベッドスローがついているのが、なんだかお洒落(しゃれ)だ。

「なんか、保科くんの部屋って感じだ」

「なんですか、それ」

「よく見せようと思ってないのに、自然とお洒落な感じ」

　人に媚びることをしないのに、自然と人の目を集めてしまう保科くんのようだ。私が言うと、保科くんは意味がわからないと軽く肩をすくめた。

「リビングはともかく、寝室なんて誰も入れませんし。自分が気に入った家具を適当に置いてるだけですよ」

　適当でもお洒落に見えてしまうのは、やはり保科くんのセンスがいいからなのだろう。内装にも人柄が出るものだなと、楽しく部屋を見回していると、背後から保科くんに抱きしめられた。

「ここに先輩がいるのって、いいですね」

「保科くんは、自分のテリトリーに他人を入れたがらないと思ってた」

「その通りですよ。俺、自分の領域を誰かに荒らされるの嫌いなんで。こうして部屋まで入れたのは、先輩が初めてです」

「え、本当に？　前の彼女さんとかは？」

　咄嗟に聞いてしまって、私はしまったと思った。過去の恋愛のことを聞くのは、あまりよろしくない。けれども、保科くんは気にした様子もなく、首を左右に振った。

「部屋に入れたことはありませんよ。さっきも言った通り、真面目に恋愛をしてこなかったので。そういうことも、外で適当にすませていましたし」

　それはなんとも保科くんらしい。前の彼女が可哀想なような、保科くんの特別になれて嬉しいような、複雑な気分だ。

「先輩。服、脱がしますよ」

　言うや否や、保科くんは後ろから私の衣服をはぎ取りにかかる。初めは保科くんに身体を見られるのが恥ずかしくてたまらなかったが、慣れてきたのか、その抵抗感も少し和らいできた。

　なにより、今は保科くんと両想いなのだ。呪いで操られているからだけじゃなく、保科くん自身が私を好きだと思ってくれている。そう思ったら、こうして触れられるのも、特別な感じがして嬉しかった。

「保科くんも脱いで」

　私は身体を反転させると、積極的に彼の衣服に手をかけた。シャツを引き抜くと薄く筋肉のついた肌が見える。滑らかな肌に手を這わせると、保科くんが驚いたように眉を跳ね上げる。

　保科くんは綺麗だ。顔だけじゃなく、全身のバランスが整っている。背も高いので、こうしてひっついていると、見上げないと顔が見えない。

　視線の先には綺麗に窪んだ鎖骨がある。その骨は、男性らしくでこぼことしていて、妙に色っぽいように思えた。目が吸い寄せられて、私は自然に保科くんの鎖骨にキスをした。

「ん」

　私が鎖骨に吸いつくと、保科くんの口から小さく声が洩れた。その反応が嬉しくて、悪戯心が湧き上がる。もう少し下の位置、胸の上のあたりに強く吸いついた。唇を離すと、保科くんの白い肌に朱色の跡が残っている。

「なんだか、今日は積極的ですね」

「こうしておけば、呪いが解けても跡は残るかなって」

保科くんの気持ちを否定するつもりはない。だけど、やっぱり不安は残るのだ。だからこうして、今が幻にならないように、目に見える証を残したくなった。

私が保科くんの肌に二つ目のキスマークをつけると、彼はたまらないとばかりに私の身体を引き剝がし、私の肌に吸いついた。

「んっ、保科くん」

いつもより強く吸われて、胸元にくっきりと赤い跡が残る。私が保科くんにつけたのと同じ位置だ。保科くんは私の胸元から顔をあげると、雄を感じる表情で私を見つめる。

「俺だって、先輩に跡を残したいです」

宣言して、保科くんは再び私の胸元に唇を落とす。残っていたブラのホックを外して、むき出しになった胸にもキスをした。その後、彼は胸だけじゃ満足できないとばかりに、首筋にも跡を残そうと動く。

「保科くん、ちょっと待って。首はダメ！」

今は夏なのだから、ハイネックの服を着ることもできない。見える場所は困ると抵抗し、数歩後ろに下がると、ふくらはぎがベッドにぶつかった。

これ幸いとばかりに保科くんは私の肩を押して、そのまま押し倒す。

「わっ！」

背中にぼふんと柔らかい感触。ベッドのスプリングが軋んで、保科くんが私の上に覆いかぶさってきた。私の身体に跡を残そうという彼の意思は固く、今度は私を押し倒した状態で、身体のあちこちにキスをした。

胸のあたりにたくさん。お腹やお臍の周りにも、何度も何度もキスをする。私がダメと言ったからか、首は諦めてくれたらしい。代わりに、際どい場所に跡を残された。ギリギリ服で隠れる位置とはいえ、夏場の薄着では心もとない。

しばらく襟の浅い服を着ないとなんて思っていると、保科くんの指がスカートにかかった。ホックを外され、邪魔だとばかりに引き抜かれる。

ショーツ一枚の姿にされ、保科くんのキスは下半身にも及んだ。服で隠れる場所ならばいいのだろうと、太ももにまで跡を残される。

「保科くん、くすぐったいよ」

太ももにキスをされると、保科くんの柔らかな髪が肌に触れる。私が文句を言うと、保科くんは不満そうに口を尖らせた。

「じゃあ、ここならいいですか？」

保科くんはそう言うと、私の足からショーツを抜き取って、中心にキスをした。そのまま舌で刺激されて、私は思わず声をあげる。

「あっ、んんっ、それダメっ」

　舌でそこを刺激されると、どうしようもなく高められてしまう。先日の体験でそれを実感した私は、保科くんを引き剝がそうとしたけれど、保科くんは私の抵抗をものともしない。ざらりとした舌で敏感な場所を何度もなぞる。

「あっ、保科くん、それされると、ぅん、すぐイっちゃうから」

「かまいませんよ。先輩のイった顔、好きなんです」

「あっ、やぁ、あああっ」

　保科くんは音を立てて中心を啜（すす）った。指で触られても感じてしまうのに、舌のように柔らかなもので刺激されたらたまらない。びりびりと甘い刺激がせりあがってくるのを、止めることができなかった。

　ぷくりと膨らんだ芯を唇で挟まれ、私はあっけないほど簡単に達してしまった。

　その様子を見て、保科くんは満足げに笑う。

「先輩、本当に可愛い」

　可愛いと言われるのは嬉しいけれど、達した顔を褒められるのは複雑だ。

　保科くんは余裕なのに、私だけが乱されているのが癪（しゃく）だった。私だって、保科くんの必死な顔が見たい。そう思った私は、身体を持ちあげて、保科くんのズボンに手を伸ばした。

　ジッパーを下ろして衣服をずらすと、下着越しでも保科くんのモノが硬くなっているのがわかる。

「次は、私がするから」

宣言してから、下着の膨らみに手を伸ばす。黒いボクサーパンツ越しに、形をたしかめるように指を這わすと、ぴくりと彼の身体が反応した。その反応に力を得て、手の動きを大胆にしていく。

初めは布越しに彼を刺激していたが、次第に下着が邪魔に感じてきた。下着をずらして、硬く起ちあがった彼のモノを取り出す。

「んっ」

直接触れると、保科くんの口から小さな声が洩れた。お腹につきそうなほど反り返った大きなそれを、両方の手の平で包みこむ。熱く脈打つ屹立(きつりつ)に優しく触れながら、ゆっくりと手の平を律動させる。

刺激が気持ちいいのか、保科くんの口から艶めかしい吐息が洩れた。手の中のそれは、小さな心臓みたいにドクドクと脈を打ち、彼がこの状況に興奮しているのだと伝えてくる。

裏筋をそっとなぞると、保科くんの身体が強張った。

触れているだけなのに、私の吐息は荒くなっていく。もっと触れたい。感じている顔が見たいという欲望が首をもたげる。その衝動のまま、私は目の前のソレにキスをした。

「先輩⁉　あっ……」

そのまま舌を這わせると、保科くんが驚いたように目を見開く。手の平でしっかりと固定しながら、唇を使って刺激すると、保科くんは困惑したような顔をした。

「んっ、先輩、そこまでしなくていいですから」

保科くんは拒否するが、きゅっと眉を寄せているということは、気持ちがいいのだろう。私は彼の言葉を無視して、手と舌での刺激を続けた。手の平を上下に動かしながら、先端部分に舌を這わせると、先から透明な液が出てくる。ついでとばかりにそれを舐めとると、ほんの少し塩気のある味がした。

荒い呼吸をはきながら、快楽に耐える保科くんの表情が色っぽくて、もっと見たくなる。

私は思い切って口を大きく開き、ぱくりと保科くんを口に含んだ。すると、保科くんが耐えきれないとばかりに小さな声を洩らす。その声をもっと引き出したくて、私は夢中で口の中の熱に舌を這わせた。頬を少しすぼめながら、顔を前後に何度も動かす。そのたびに、保科くんの吐息が荒く熱っぽくなっていった。

口の中に、ほんの少しの苦み。けれども、それすらも愛しく感じる。口淫するのは初めてだから、上手くできている気はしない。それでも、保科くんに気持ち良くなってもらいたくて、必死で口を動かした。舌も一緒に動かして、口内に入りきらない部分は指で刺激する。

「あっ、駄目です、もっ……」

夢中で刺激していたら、保科くんが慌てた様子で私の頭を摑んで引き抜いた。

「もしかして、痛かった?」

歯が当たってしまったのかと心配になったが、保科くんは真っ赤な顔で首を左右に振った。

「違います。めちゃくちゃ気持ち良くて、イきそうになったから止めたんです」

「イっても良かったのに」

「嫌ですよ。口の中でなんて申し訳ないですし、それに、どうせなら先輩の中でイきたいですから」

　保科くんは持ってきていたゴムの袋をあけた。根元まできっちり着用すると、ベッドの上で私を押し倒す。

　膝を摑んで私の足を割り開くと、熱棒を押しつけた。

「挿れますよ。先輩が奉仕してくれたおかげで、もう一秒だって我慢できません」

　保科くんはその言葉通り、すぐさま私の中に割り入ってきた。時間をかけている余裕がないとばかりに、いきなり激しくかきまわす。初めから大きく揺さぶられて、私はたまらず声をあげた。

「あっ、いきなり、あああっ」

　奥のほうにあるジンと痺れる場所を突かれ、私は身体を震わせる。反射的に身体に力が入り、保科くんを締めつけると、彼はもっとと強請るようにその場所を突いた。

　激しいくらいに揺さぶられても、保科くんに慣らされた身体は喜びながら彼を受け入れている。その証拠に膣口からは愛液がとめどなく溢れ、かきまわされるたびに水量を増していった。

ぐじゅぐじゅという音と、ベッドが規則正しく軋む音。保科くんの荒い呼吸音が重なって、さらに私を高めていく。

身体の相性がいいのか、保科くんとの行為はいつだって最高に気持ちがいい。

まともな思考が飛んでしまって、私はいつも、押し寄せてくる快楽に耐えるしかなくなるのだ。

「あっ、ああっ、んっ」

ベッドの軋みに合わせて声が洩れる。痺れるように甘い快感に溺れそうになったとき、保科くんの唇が重なった。奥深くで繋がりながら、舌を絡ませて深いキスをする。

「先輩、好きです」

まっすぐに気持ちを伝える言葉。蕩(とろ)けるほどに甘い目は、愛しげに私を見つめている。

呪いのせいだからと否定していた告白も、今なら受けとめられる。身体を揺すぶられながら、私は必死で彼の背中に腕を回した。

「私も好き」

夢中で告げると、保科くんが強く私を抱き返した。

「もっと言ってください。もっと、聞きたい」

もっと言えと望んだくせに、保科くんは私の唇を奪ってしまった。

キスをしながら奥のあたりをぐりぐりと突かれて、まともな言葉を出せるわけがない。

それでもどうにか気持ちを伝えたくて、私は積極的に彼に舌を絡めた。

抱きしめながら保科くんの口内を探り、歯列をなぞる。拙い動きで彼のキスに応えていると、あっという間に主導権を奪われた。

今度は保科くんの舌が苦しいくらいに蹂躙してくる。

「んんんっ」

キスの合間に言葉にならない声が洩れ、口端から唾液が零れる。そのあいだも、保科くんはずっと私の最奥を揺すぶり続けていた。

絶え間なく快楽を叩きつけられて、絶頂の気配が近づいてくる。

「先輩、好きです。ずっと、好きでした」

うわごとのように好きという言葉を繰り返して、私の身体をかきまわす。強すぎる快楽はいっそ怖いくらいなのに、ぴたりとひっついた保科くんの身体が安心感を与えてくれる。

その温度にすがりつくように腕に力をこめて、私も一緒に腰を動かした。

「好き、保科くんが、好き」

好きだと言葉を紡ぐたびに、多幸感が胸に満ちた。

もう気持ちを誤魔化さなくてもいいのだ。

私は保科くんが好き。彼のことが好きだ。

想う相手と繋がると、こんなにも幸せな気持ちになれるのか。

「先輩……」

保科くんは私を強く抱きしめながら、いっとう強く最奥を穿った。その動きで痺れるような刺激がやってきて、視界の奥が白く染まる。ひとつ波が来たのに、保科くんは終わることなく奥を揺すぶり続けている。その刺激に絶頂が終わらず、連続して次々と波がやってくる。

「あっ、あっ……いいっ、ああっ」

溺れそうなほどの快楽の渦。ぎゅっと強く身体を抱きしめられる。ただ気持ちがいいだけではなく、幸せを感じる甘い痺れに全身が包まれた。

ぎゅっと身体に力が入って保科くんを締めつけると、彼も限界に向けて動きを速くした。既に達している状態なのに、さらなる快楽を叩きつけられて、その先へと連れていかれる。

頭の芯まで痺れて、もうなにも考えられない。

「先輩、俺も……もうっ」

保科くんが苦しげな声を出し、さらに二度ほど奥を深く穿つ。

またしても大きな波がやってきて、のまれるように私は全身の力を抜いた。子宮の奥に溜(た)まった熱が弾けて解放される。

頭の中が真っ白に染まって、私はベッドに身体を投げ出した。

「先輩、大丈夫ですか？」

すぐ耳元で保科くんの声が聞こえて、はっとする。どうやら、ほんの一瞬、意識が飛んでいたらしい。慌てて身体を起こそうとしたけれど、上手く力が入らなかった。

「寝ていていいですよ。疲れたでしょう」

耳元で笑う保科くんの声は、蜂蜜を溶かしたみたいに甘い。その甘さにムズムズするが、これも保科くんの一面なのだと受けとめることにした。

他人に対してそっけない保科くんだけど、恋人にはこんな甘い顔を見せるのだろう。

「保科くん、優しいね」

「俺をそんなふうに褒めるなんて、珍しいですね」

「仕方ないよ。だって、いつもは嫌味ばっかり言うんだもん」

あまりの態度の違いに、風邪をひいてしまいそうだ。

私の言葉を聞いて、保科くんは困ったように眉を下げた。

「ずっと、先輩を甘やかしたかったんです。でも、急に態度なんて変えられませんし。呪いのおかげで素直になれました」

それが本当ならば、私は呪いに感謝しなければならない。呪いがなければ、こんな保科くんを見ることはなかっただろうから。

「こういう俺は、嫌いですか?」

「ううん、好きだよ」

私の返答を聞いて、保科くんは顔を赤くする。

「なんか、先輩に好きって言われると、照れます」

「じゃあ、言わないほうがいい？」

「とんでもない。何度だって聞きたいですよ」

保科くんはじゃれつくように私を抱きしめた。そのやりとりが本当に恋人同士という感じで、なんだかくすぐったい。

「好きだよ」

「俺も好きです。大好き」

ちゅっと軽くキスが落ちる。馬鹿みたいな会話なのに、心が幸せで満たされていく。

本当に保科くんと恋人になったのだと実感する。ずっとこうしていたいと思って、ふっと私の表情が曇った。

今が信じられないくらいに幸せだから、すべてが消えてしまったらと思うと、怖い。

「先輩、どうしました？」

「私たち、恋人ってことでいいんだよね？　呪いが解けても、変わらないよね」

こんな不安、今の保科くんに言っても仕方ない。呪いが解けたあとのことなんて、解けてみないとわからないのだ。

面倒くさい私の不安を聞いて、けれども保科くんはぎゅっと抱きしめてくれた。

「あたりまえです。先輩の不安を解消するためにも、早く呪いを解かないとですね」

インターネットを使って、挙式をしてくれる業者を検索する。

できるだけ早く呪いを解きたいので、最短で挙式ができるところをふたりで探すと、平日ならばと、来週の火曜日に挙式できるところが見つかった。

業者に検討をつけてから、現状の報告と相談のために店長にも連絡する。保科くんと結婚式を挙げることになったと伝えると、ずいぶん面白いことになっているねと笑われてしまった。

結婚式を見に行きたいと言われたが、丁寧に断った。そもそも、私たちが抜けているのだから、店長が休める余裕もないだろう。

店を休む許可を取ってから、あらためてブライダル会社に予約を申し込む。

挙式日まで時間がないので、今日はさっそくブライダル会社に行って打ち合わせすることになった。ご結婚おめでとうございますと笑顔で挨拶され、私は苦笑する。隣で保科くんが平然とありがとうございます、なんて挨拶をしているのがすごい。

「よくそんなに堂々としてられるね」

小声で保科くんに言うと、彼はにやりと笑って見せた。

「いつか、先輩と本番をするときの予行練習だと思うことにしました」

堂々と言われて顔が熱くなる。それってつまり、私と結婚したいと思ってくれているってことだ。

保科くんと結婚。想像したら、頭に花が咲いたみたいにぽわぽわした気持ちになる。顔がにやけそうになって、私は慌てて気を引き締めた。

招待客はゼロなので、打ち合わせもそう複雑なものではなかった。挙式の内容も最低限でいいから、決めることといえば当日の衣装くらいだ。

衣装の相談に入ったところで、保科くんが鞄から例の簪を取り出した。

「すみません。当日はこれを使用したいんです」

これはあらかじめ決めていたことだった。ブライダルプランナーさんは、簪を見て軽く頷く。

「美しいべっ甲の簪ですね。ただ、この飾りだけでは少し寂しいので、他の飾りと合わせて使用しましょう」

簪を使用してもらえるなら不満はない。言われるままに私たちは衣装を決めていった。かりそめの式とはいえ、婚礼衣装を見るのは気分が弾む。色鮮やかな打掛に、美しい刺繍（ししゅう）の白無垢。見ているだけで目移りする。

仮の挙式だからと一番安い白無垢を選ぼうとしたら、保科くんが止めた。

「せっかくなんで、先輩が好きな衣装を選んでください」

「え、でも、勿体（もったい）ないよ」

「勿体なくないです。俺の隣で着飾った先輩が見られるんですから」

それでも気が引けて、安めの衣装を選ぼうとしたのだけれど、保科くんに誘導されるまま、結局それなりに値段のする衣装になってしまった。

選んだ白無垢は肌触りが良く、生なりの生地が光によってキラキラと輝く美しい品だった。

本当の式ではないとはいえ、こんな素敵な衣装で保科くんの隣に立つのだと思うと、胸が弾む。

衣装を決めて、当日の流れの説明を受け、打ち合わせが終わったところで、店長から連絡があった。私たちに今から店に来て欲しいとのことだ。

「保科くん、店長が来て欲しいって。今から簪のクライアントが来るらしいよ」

「そうですか。では、急いで店に向かいましょう」

私たちは電車を乗り継いで店へと向かった。保科くんと並んで入り口をくぐると、店長がにやにやと笑って、生温かい視線を向けてくる。

「おかえり、ふたりとも。挙式準備は順調？」

「店長、からかわないでください」

「ごめん、ごめん。でも、大変なことになってるね。挙式して呪いが解けるといいけど」

店長のデスクには買い取りの品物が小山になっていた。私たちが抜けた穴をフォローしてくれているのだ。早く呪いを解いて業務に戻らないと。

「それで、今日は例のクライアントが来店されるんですよね？」

「うん。三枝さんが出してくれた見積りを見せて、売却するかどうかを決めるって。もし破談になっても、例の簪だけは買い取りたいと思う」

　店長の言葉に私たちは頷いた。今、あの簪を返却することはできない。事情を説明して、信じてもらえるだろうか。品物を安く買いたたきたいから難癖をつけている、などと判断されてはたまらない。

「今回は僕が対応するよ。そのあいだ、ふたりはお店をお願い。あと、どうしても呪いについて説明しなきゃいけなくなったときは、呼ぶかもしれない」

「わかりました。店長、よろしくお願いします」

それから三十分後に例のお客様が来店して、店長とふたりで相談室へ入っていった。お客様にお茶を出したあと、私は買取りカウンターへと戻る。今日は土曜だからか普段よりもお客様が多い。私がカウンター業務をする後ろで、保科くんは店長の鑑定を引き継いでいた。

　いくつか買取りをすませると、相談室から店長とクライアントが出てきた。店長はクライアントを店の出口まで送っていく。慌てて立ち上がってお辞儀をすると、軽く会釈を返して、彼女が店を出て行った。

　お客様の姿が見えなくなるまで見送って、戻ってきた店長に私は駆け寄る。

「どうなりました？」

「うん。三枝さんが出してくれた見積りの内容で、買取りに決まったよ。一部だけ価格の修正があったけど、まぁ誤差の範囲」

「ということは、あの簪も？」

「無事に適正価格で買取りできた」

店長の言葉に、私はほっと息をはきだした。

「他の品はいつ引き取りに？」

「次の木曜日。できればふたりに行って欲しいんだけど、もし呪いが解けてなくても大丈夫かな？」

店長の言葉に私と保科くんは頷いた。

上手くいけば火曜日に呪いが解けるし、もし無理だったとしても、ふたりで行く分には問題ない。

「良かった。月曜は定休日だし、火曜は休みでいいから。明日はふたりとも店舗勤務ってことでいい？」

「わかりました。色々と調整してもらってすみません」

「労災だからねぇ。保険は下りないけど」

店長の言葉に私は苦笑した。さすがに呪いで保険は適用されない。

その日は閉店まで店舗で仕事をして、昨日と同じように保科くんの家へと帰宅した。


保科くんと同棲生活を経て数日。今日はいよいよ挙式の日だ。

式の予約は今日の午後一時からだったけれど、私たちは朝八時に家を出た。着付けやヘアセットなどをおこなう時間が必要だからだ。

保科くんの車に乗り込んで、ブライダルサロンへと向かう。

「いよいよですね、先輩」

ハンドルを握る保科くんは機嫌が良さそうだ。

「楽しそうだね」

「実際、楽しみですから。先輩の白無垢、絶対に綺麗だろうな」

「保科くんの紋付も、きっと格好いいと思うよ」

私の言葉を聞いて、保科くんは目を丸くした。

「先輩、俺のこと、格好いいって思ってくれているんですか？」

「ぎゃっ！　保科くん、前見て前！」

一瞬車体がふらついて、私は思わず悲鳴をあげた。

「すみません、動揺しました」

「このくらいのことで？」

「だって先輩、俺のこと格好いいって言ってくれるの、初めてじゃないですか」

そうだっただろうか。そういえば、思うことは何度かあっても、口に出して言ったことはなかった気がする。保科くんは私を可愛い、可愛いと言ってくれるのに、私から言わないのは悪かったかもしれない。

「保科くんは格好いいよ」

「っ！」

キュキュッとブレーキが踏まれて、シートベルトに身体が食い込む。前を見れば赤信号だ。チラリと横を見ると、保科くんが真っ赤な顔で私を見つめていた。

「先輩、もう一回言ってください」

「車を降りたらね」

「今すぐ聞きたいです」

「運転に集中できないみたいだからダメ。ほら、もう青になるよ」

「えぇぇ」

唇を尖らせてハンドルを握る保科くんの耳が、微かに朱色に染まっている。それを見て私は、ふわふわわしたような気分になった。

幸せだなって思う。こんな時間がずっと続けばいいのに。

そう思うと同時に、じわじわと不安が湧き上がってくる。

今日は挙式の日だ。上手くいけば、今日で呪いが解ける。

呪いが解けてしまっても、こんな風に保科くんと一緒にいられるのだろうか。

いや、考えるのはよそう。保科くんは前から私を好きだったと言ってくれていた。その言葉を信じるんだ。

ブライダルサロンについて駐車場に車を停める。助手席のドアをあけようとしたら、突然、運転席から腕を引かれて、軽くキスをされた。

「好きですよ、立花」

「っ、名前！」

いきなり名前で呼ばれて、私は顔を赤くする。

「新郎が新婦を先輩、なんて呼んでいたらおかしいでしょう?」

「そ、そうかもしれないけど」

「先輩も、今日は俺のことを隼人と呼んでください」

「は、隼人……くん」

保科くんを名前で呼ぶのは、なんとも気恥ずかしい。けれども、呼ばれた保科くんは嬉しそうに笑うと、今度は私の頬にキスをした。

「それじゃあ、行きましょう。俺の愛しの奥さん」

私がぼうっとしていると、保科くんは車を降りて助手席に回りドアをあけてくれた。エスコートするみたいに私の手をとって、ふたりで一緒にブライダルサロンへと入っていく。

「ご結婚おめでとうございます。いよいよですね」

プランナーさんにそんな挨拶をされ、私は保科くんと別れて控室へ入った。

服を脱いでこれを着て、ここに座って上を向いてなど、細かく指示されながら着々と準備は進められていく。普段のメイクの何倍も丁寧に顔を塗りたくられて、唇に赤い紅をひいた。真っ赤な紅は派手すぎではないかと思ったのだけれど、白無垢と合わせると丁度いいらしい。

ヘアセットが終わったら、掛下やら半襟やらを、言われるままに装着していく。ぎゅうぎゅう帯を締めつけられて、着替えるだけで重労働だ。

メイクとヘアセット、着替えが終わって、フラフラしながら鏡を覗き込むと、清楚で美しい花嫁がいた。

「わっ、すごい」

我ながらよく化けたものだ。それとも、白無垢効果なのだろうか。とにかく美人に見える。

派手だと思った赤い紅は、たしかに白無垢によく映えていた。濃いメイクも気にならない。

「お美しいですよ」

褒められて思わず嬉しくなる。これは偽の結婚式だけれど、こんな風に綺麗にしてもらえるのは嬉しいものだ。

保科くんも、綺麗だって思ってくれるかな。

乙女な思考が浮かんで、私は慌てて考えを打ち消した。本当の結婚式ではないのだ。呪いを解くための式なのだから、保科くんに可愛いと思ってもらう必要なんてない。必要ない……のだけれど、せっかくこんなに綺麗な服を着たのだ。やはり、良く思われたいという欲はむくむくと湧いてくる。

「それでは、旦那さんを呼んできますね」

「いや、あの！」

私が止める間もなく、プランナーさんは部屋を出て行ってしまう。しばらくすると、コンコンと部屋のドアがノックされた。

「準備ができたと伺いました。入りますね」

保科くんの声が聞こえて、緊張で喉が詰まる。今の自分を見て欲しいような、やはり恥ずかしいような複雑な気分で、ゆっくりと開くドアを見守った。

現れた保科くんは、紋付袴(はかま)を着ていた。私とは対照的に黒色で、すらりと背の高い保科くんによく似合っている。

格好いいと思って見とれていると、保科くんはこちらを向いたまま息をのんだ。

「綺麗です……とても」

シンプルだけれども心のこもった言葉で褒められて、私は詰めていた息をほっとはく。

「ありがとう。ほし……じゃなくて、隼人くんもすごく格好いいよ」

「俺はオマケみたいなものですから。でも、立花と並んで恥ずかしくないようになっているなら、嬉しい」

保科くんの私を見る目が、蕩けるように甘い。これは偽の式だってわかっていても、本当に今から夫婦になるんじゃないかって気持ちにさせられる。

「立花、これを」

そう言って、保科くんはあの簪を取り出した。

「無理を言って、俺につけさせてもらうよう頼んだんです」

保科くんは簪を手に私に近づく。美しいあめ色のべっ甲は、変わらず黒いモヤを放っていたけれど、心なしかその色が薄くなっているようにも見えた。

もしかして、本当にこの挙式が呪いに効くのだろうか。

今日のヘアスタイルは、伝統的な高島田ではなく、綺麗に結いあげた洋髪だ。というのも、あの簪が高島田用ではなかったからだ。簪に合うヘアスタイルにしてもらったので、綿帽子や角隠しもつけないことになっている。

保科くんは角度を調整しながら、私の髪に簪をさした。

今の私と保科くんは、結ばれなかった顕正さんと民さんの代理だ。それがわかっていても、保科くんの指が髪に触れるたびに、ドキドキと心臓が高鳴った。

「あなたと結婚できる日を、待ち望んでいました」

頭の上で簪が揺れる。不思議な気分だった。目の前にいるのは保科くんのはずなのに、なぜか違う男性のように思える。私もずっと、長いあいだ、彼と結ばれることを待ち望んでいたかのような、おかしな気持ちになる。

準備ができた私たちは、車に乗って神社へと向かった。

都内にある、こじんまりとした、けれども落ち着いた神社だった。ふたりだけの式だから、参進の儀などはない。斎主に案内されるまま本殿前へと上がらせてもらう。

小さな椅子が二つ並んでいて、その左側に座る。天井は高く、紫色の染幕が飾られていた。

式はすぐに始まった。斎主が大幣（おおぬさ）を握り、私たちに向かって振るう。連なった紙束がシャラシャラと綺麗な音を立てると、髪飾りからつるつると黒いモヤが剥がれて、大幣へと吸い込まれていった。保科くんへと伸びる糸も、細く薄くなる。

今度は祝詞の奏上だ。本殿を向いた斎主が神様に祈りを捧げていく。

なぜかよくわからないが、祝詞を聞いていると目から涙が零れそうになった。

――ああ、私はずっとこの人と結婚したかった。この日を待ち望んでいた。

心に浮かんだのは、私であって私ではない誰かの感情だった。

簪を身に着けているからだろうか。まるで私が民さんになって、顕正さんと結婚しているような気分になる。

不思議な感覚に浸っていると、目の前に朱色に塗られたお銚子（ちょうし）と盃（さかずき）が用意された。三々九度の儀だ。美しい朱色の盃にお神酒が注がれる。

盃はまず保科くんへと渡された。保科くんがひとくちお酒を口に含むと、またしても黒いモヤが薄くなる。

盃は次に私に渡った。透き通った神酒を口に含むと、すっと身体が軽くなる。

小さな盃での儀式が終わり、次は中くらいの盃にお神酒が注がれる。今度は私が先のようだ。お神酒をひとくち飲んでから保科くんへと盃を回す。

保科くんに繋がっている黒いモヤは、もうほとんど見えないくらいに薄くなっていた。

結婚式をして本当に呪いが解けるのかと思っていたけれど、驚くほど効果てきめんだったらしい。

これなら安心できる。私がほっと息をつくのと、保科くんが二度目の盃を口に含むのは、ほぼ同時だった。

ガシャンと、私の隣で大きな音が鳴った。

盃を口に含んだ瞬間、保科くんがゆっくりと傾いていって、地面に倒れたのだ。

「保科くん⁉」

「なんだ、なにが起こった⁉」

神聖な結婚式の雰囲気は吹き飛んで、場が騒然とした。私は慌てて保科くんの身体を揺するが、保科くんは意識を失っているようで、ぴくりとも動かない。

結婚式は中止になって、神社には救急車が呼ばれた。

私も保科くんにつきそいたかったが、白無垢で病院に向かうわけにはいかなかった。救急隊員の手によって保科くんは元の服に着替えさせられ、病院へ運ばれていく。私も婚礼衣装を脱がせてもらうと、保科くんの車を借りて彼が運ばれた病院へと急いだ。

引き抜かれた簪からは、もう黒いモヤは出ていなかった。

4　解けた呪いと恋の行方

　病院の受付で保科隼人の嫁ですと伝えると、すぐに病室に案内された。

　結婚式の途中で救急搬送されてきた新郎は、病院の中でも噂になっているらしい。お気の毒でしたねと同情されながら、私は教えられた病室へと向かった。

　保科くんは心電図をつけられた状態で眠っていた。特に顔色が悪いということもなく、ただ眠っているだけのように見える。

　いったい、どうして倒れてしまったのか。私がやきもきしていると、医師が説明に来てくれた。

「保科さんの奥様ですね？」

「あ……はい。あの、籍はまだ入れていないのですが」

　実際は妻でもなんでもないのだが、結婚式の途中で倒れたと知られているのだ。そう言っておくのが無難だろう。私の言葉に、医師は同情するような目を向けた。

「結婚式の途中で倒れられたとか。お気の毒でした」

「いえ。それで……倒れた原因はなんなんでしょう。脳卒中とかじゃないですよね？」

私が尋ねると、医師は眉根を寄せて、困惑した表情をして見せた。

「脳卒中ではありません。心臓にも問題がなかった。正直、こちらも原因がわからないのです。彼はいたって健康な状態で、眠っているだけに見える。心因性のものが原因かもしれません」

保科くんが倒れた原因は医師にもわからないらしい。

「大丈夫なんでしょうか」

「心電図にも乱れはありません。おそらく、しばらく待てば自然と目を覚ますと思います」

「そうですか。ありがとうございます」

なにか変化があればナースコールを押してくれと言い残して、医師は病室を出て行った。

私は不安な気持ちのまま、眠る保科くんの顔を眺める。

保科くんが倒れてしまったのは、やっぱり、呪いが原因なんだろうか。

簪（かんざし）からはもう黒いモヤは消えていた。呪いが解けたから、その衝撃で倒れてしまったのかもしれない。そう考えるのが自然な気がする。

「保科くん、早く目を覚ましてよ」

せっかく呪いが解けたかもしれないのに、こんな状況では喜べないではないか。

私は眠っている保科くんの手をそっと握った。一緒に過ごしたこの数日間で、保科くんの存在は私の中で大きく膨らんでしまっている。

保科くんが好きだ。このまま目を覚まさなかったらと思うと、恐怖で身体が震える。

どうか神様、お願いします。なんでもするので、保科くんが無事に目を覚ましますように。

私がそう祈った、そのときだった。

「ん……ここは……」

ゆっくりと、保科くんが目をあけた。私はハッと顔をあげる。

「保科くん、気がついたの⁉」

「三枝先輩？　なんで先輩が……っていうか、ここ、どこですか。病院？」

混乱しているのか、保科くんは私を見て顔を顰めて、困惑したように周囲を見回した。

「保科くん、式の途中で倒れて、救急搬送されたんだよ。覚えてない？」

「式？　救急搬送？」

保科くんは軽く首を傾げて、身体を起こそうとした。私は慌ててそれを押しとどめる。

「まだ起きないほうがいいよ。とりあえず、ナースコールで先生呼ぶから」

「待ってください。ちょっと記憶が混乱していて……」

保科くんはぐったりとベッドに横になって、不安げな顔で私を見上げた。

「俺、どうして病院にいるんですか。式ってなんのことです？」

「全然覚えてないの？　保科くん、結婚式の途中でいきなり倒れちゃって」

「結婚式？　誰の？」

「え？」

保科くんの言葉に、今度は私が凍り付く。

心臓がドクドクして、背中から嫌な汗が吹きだした。

「保科くん、どのくらい記憶がないの？」

「先輩と群馬まで買取りの仕事に向かったのは覚えていますよ。その途中から……あいまいですね」

「うそ」

それはつまり、保科くんが呪われていたあいだの記憶が、全部抜け落ちているということだ。

私と一緒に過ごして、私を好きだと言ってくれた、その記憶のすべてが。

ぐらりと足元がふらつくような感覚があった。

「先輩、どうしました？」

「……ううん、なんでもない」

なんでもないわけがない。今にも泣きそうになったが、保科くんは悪くないのだ。

むしろ、今不安になっているのは保科くんのはずだ。なにせ、ここ数日の記憶がなくて、気づいたら病院なのだから。

気をしっかり持って。私が、保科くんに説明しないと。

私は気持ちを落ち着けるために大きく息を吸い込む。動揺はまったくおさまらなかったけど、震えを止めることはできた。

「この簪のこと覚えてる？　保科くんはこの数日、この簪に呪われていたんだよ」

私はバッグから例の簪を取り出して、保科くんの状況を簡単に説明した。

簪に大正時代に死んだ顕正さんの呪いがこめられていたこと。顕正さんの願いは、婚約者だった民さんと結婚することだったこと。その呪いを解くために、保科くんと私が簪をつけて偽の結婚式をおこなったこと。

説明が終わると、保科くんは呆気（あっけ）にとられた顔で私を見つめていた。

「俺と先輩が結婚式を挙げたんですか」

「うん。その途中で呪いが解けて、たぶんそのせいで保科くんは昏倒（こんとう）しちゃったんだ」

私が言い終わると、保科くんは片手で顔を抑えて、はぁぁぁと大きく息をはいた。

「信じられない。呪いを解くためとはいえ、先輩と結婚式とか……酔狂な」

冷めたもの言いは、まさに呪われる前の保科くんのものだった。

けれども、その一言で、私の心はナイフで切りつけられたような傷を負った。

彼の目には、呪われていたときのような甘い熱はどこにも見当たらない。

ああ、そうか。そう……だよね。

もう呪いは解けたのだ。保科くんの心はなににも操られていない。

保科くんがあんな風に私を口説いてくるなんて、おかしいと思っていたじゃないか。

全部、全部、呪われていたからだったんだ。

そんなの、私だってわかっていた。わかっていたはずなのに。

「先輩、どうしました？」

「触らないで！」

保科くんが心配するように伸ばした手を、思わず払いのける。

「……ごめん。私、先生を呼んでくる」

「先輩⁉」

これ以上、保科くんの顔を見ていられなかった。私はそれだけ言い残すと、逃げるように病室を出る。ナースステーションまで行って、保科くんの目が覚めたことを伝えると、荷物を取りに帰ると伝言を頼んでから病院の出口へ向かった。

「私、なにやってるんだろう」

やらなきゃいけないことは山ほどある。

店長や門崎さんに呪いが解けたことを報告しなきゃいけないし、ブライダルプランナーさんに心配をかけたお詫びと、保科くんの目が覚めた連絡をしなければならない。入院した保科くんの着替えとか、保険証も持ってきてあげなきゃいけないし、なにより、記憶のない保科くんをひとりで放置していいはずがない。

だけど、気持ちがまるで追いつかない。あのまま保科くんのそばにいたら、彼に酷い言葉を言ってしまいそうだった。

こんな場所で泣いてはいけない。せめて、ひとりになれる場所を探さないと。

そう思って玄関を抜けたら、思いがけない人に声をかけられた。

「三枝さん?」

「え、店長。どうしてここに?」

病院のロビーにいたのは店長だった。彼はどこか焦った顔で、私を見ると大きく息をはいた。

「どうしてじゃないよ。挙式はとっくに終わっているはずなのに、君たちから全然報告が届かない。ふたりとも何度電話しても出ないし、なにかあったのかと気になって、挙式するっていっていたブライダルサロンに電話して聞いてみたんだよ。そしたら、式の途中で保科くんが倒れたっていうじゃないか」

「あ……すみません。気が動転していて、気づいていませんでした」

保科くんが倒れたことで動揺して、スマホをまったく見ていなかった。そのせいで、心配をかけてしまったらしい。

「そうだろうと思ったよ。保科くんは大丈夫なの?」

「はい。さっき目が覚めたみたいで、もう大丈夫だと思います」

「呪いも解けたんだよね?」

「はい」

店長は私に確認をしてから、うーんと口元に手を当てた。

「保科くんも無事で、呪いも解けた。それなのに、なんで三枝さんは泣きそうな顔しているの?」

「え？」

「せっかく綺麗にお化粧しているのに、そんな顔していたら勿体ないよ。なにがあったの」

優しい言葉をかけられて、じわりと涙腺が緩む。前の彼氏のときといい、店長はどうして私が一番ダメになっているタイミングで現れるのだろうか。

私が泣きそうになったことで、店長は慌てた様子で歩き始めた。

「色々あったんだね。とりあえず、移動しよう」

店長は私の腕を引いて病院の駐車場まで歩き、助手席のドアをあけた。店を抜けてきたからだろう。店のロゴが入った軽自動車だ。

「あそこじゃあ目立つからね。乗って」

「あ、でも。保科くんに会いにきたんじゃ……」

「そっちも気になるけど。こんな状態の三枝さんを放置できないし」

「すみません」

私は店長の言葉に甘えて、社用車へと乗り込んだ。みっともないところを見せてしまったが、今さらというような気もする。店長には、今まで色々な失敗を見られてきているのだ。

「病院を出るところみたいだったけど、どこかに向かおうとしていたの？」

「あ、保科くんの着替えや保険証を取りにいこうかと」

「保科くんの荷物？　それって彼の自宅だよね。鍵とかあるの？」

「いちおう、合鍵が」

　この数日は同棲していたので、保科くんに持たされたものがあるのだ。

　合鍵があることを報告すると、店長がなんとも言えない表情で私を見てから、エンジンをかけた。

「じゃあ、ひとまず保科くんの家に向かおうか」

「はい」

　病院を出てしばらくすると、赤信号で停車する。そのタイミングで、店長がもの言いたげにちらちらと私を見てきた。

「どこまで聞いていいのか迷っているんだけど。もしかして、三枝さんと保科くんって、つきあってるの？」

「どうなんでしょうね」

　店長の質問に、私はあいまいな返事をした。

　つきあって欲しいと言われた。そして、私も好きだと気持ちを伝えた。

　だけども、保科くんはそのすべてを忘れてしまったのだ。

「ふたりは呪いが解けるまでのあいだ、ずっと一緒だったもんね。色々あったんだ？」

「そうですね。保科くんが呪いの影響を受けて、その、私を恋愛対象として意識する……みたいな状態でして」

「うん。そんな状態の保科くんと一緒にいて大丈夫なのかなって、ちょっと心配だったんだけど。三枝さんが気にしてなさそうだったから、口を出すのはやめておこうと思ったんだよね」

三枝さんが嫌がっているようなら、なにか対策を考えたけど。と、店長が笑ってつけ足した。

店長の目から見ても、私は嫌がっているように見えなかったようだ。

最初のほうは戸惑っていたけれど、たしかに、嫌がるっていうのとは違った気がする。もしかして、私は自分でも気がついていないうちから、保科くんのことを気に入っていたのだろうか。

「ふたりが合意の上なら、あれこれ口を出して馬に蹴られるのも嫌だし。でも、三枝さんがそんな顔してるなら、話は別かな。保科くんになにか酷いことをされたの？」

「そういうわけじゃないんです。保科くんはなにも悪くない」

「なにがあったのか聞いてもいい？」

私は口を開きかけて、閉じた。店長に相談していいものだろうか。

「言いたくないなら言わなくてもいいけど。まあ、うち、べつに社内恋愛禁止とかじゃないし。仕事に私情を持ち込まないなら気にしないよ」

ちょっと迷ってから、店長には事情を説明しておくことにした。自分ひとりで抱えているのは限界だったのだ。誰かに話を聞いて欲しかった。

「呪われている保科くんに告白されたんです。つきあって欲しいって。だけど、それは全部呪いのせいで、呪いが解けた今は、その記憶も忘れてしまって……」

話しながら声が震えた。さっき、保科くんが私を見る目には、なんの熱もこもっていなかった。

あんなにも好きだと言ってくれたのも、結局は全部、呪いのせいだったのだ。

「わかっていたはずなんです、普段の保科くんと違うって。それなのに私は……」

「保科くんを好きになっちゃった？」

店長の言葉に、私は首を縦に振った。

ダメだってわかっていたのに、保科くんに惹かれてしまった。こうなるかもしれないって、予想できていたのに。好きになっちゃだめだって思っていたのに。

「私を好きだなんていうのは、呪いのせいだってわかっていたんです。だけど、私は……」

呪われる前から好きだったという言葉を真に受けた。好きだよって言ってくれる言葉が、真実だったらいいなって思ってしまった。

「三枝さんはガードが堅いように見えて、押しに弱いよね」

「……そうかもしれません」

思えば、前の彼氏にだって、熱烈にアプローチをされてコロっと騙されてしまったのだ。保科くんは騙していたわけじゃないけれど、好きだと言われて気持ちが傾いていったのは違いない。

「まあ、自分に好意を持ってくれる相手が気になるのは、自然なことだけどね」

「そう……でしょうか」

「そうなんじゃない？　僕はあんまり恋愛してないから、偉そうなことは言えないけど」

「店長は恋人とかいないんですか？」

「いないねぇ。僕の恋人は古美術品だから。仕事していれば幸せだし」

のんびりした言い草は、実に店長らしい。

「店長、婚期を逃しますよ」

「ああ、そうかもね。自分が結婚しているイメージが浮かばないや」

店長は冗談めいてくすくす笑ったあと、ちらりと横目で私を見た。

「三枝さんは？　保科くんと結婚したいって思ったの？」

「そうですね。今日の結婚式が、現実になったらいいのにって思いました」

「だったら、諦めなくてもいいんじゃない？」

諦めなくてもいい？

呪いが消えて、保科くんの思いが消えてしまったのに？

「呪いが消えたなら、今度はちゃんと保科くん自身の気持ちがどこにあるのか、たしかめてみればいいよ」

「たしかめなくても、きっと保科くんは私のことなんてなんとも思っていませんよ」

「三枝さんがそう思うなら、そうかもしれないけど」

そう言った店長の口調は、どこか私を責めているようでもあった。

「保科くんの気持ちがどこにあるかっていうのも大事だけど、それ以上に、自分がどうしたいかっていうのが大事なんじゃない？」

「自分がどうしたいか？」

「うん。保科くんとつきあいたいなら、今度は三枝さんが頑張ればいい。もちろん、全部忘れてなかったことにするのも、自由だけど」

店長の言葉は目からうろこだった。呪いが解けて、保科くんの恋愛感情が消えたなら、私も諦めなければならないと思っていた。

だけど、そうではないのだ。

私が保科くんを好きなら、今度は呪いなんかなくても好きになってもらえるように頑張ればいい。

「まぁ、三枝さんが辛いって気持ちもわかるけどね。とにかく、諦めるのはまだ早いんじゃないかってこと」

「店長、ありがとうございます。少し、気持ちが前向きになりました」

「なら良かった。君に落ち込んだ顔をされていたら、調子が狂うから」

そんな話をしていると、車が保科くんのマンションについた。とりあえず一日分の着替えを用意して、保科くんの家に置きっぱなしだった私の荷物を回収する。

大荷物を持って車に戻ると、店長が積み込むのを手伝ってくれた。

「病院には僕が戻るよ。保科くんと話したいこともあるし。三枝さんは今日はもう家に帰って、ゆっくり休んだほうがいいんじゃないかな」

「……そうですね。お願いしてもかまいませんか？」

保科くんに会う前に、できれば心を落ち着ける時間が欲しい。

崩れてしまった慣れないメイクも落としたいし、髪だってまだ整髪剤がついていて落ち着かない。

「じゃあ、家まで送っていくよ。保科くんのことは僕に任せて」

＊　＊　＊

病室で目を覚ましたとき、心にぽっかりと空白があるような、妙な気分だった。

自分がどうして病院にいるかもわからず、それどころか、今まで自分がなにをしていたかも思い出せない。

だけど、目が覚めた瞬間に三枝先輩が俺の手を握ってくれていて、それが妙に印象に残った。

三枝立花は俺の職場の先輩だ。明るくて気さくで人柄はいいが、どこか抜けたところがあって、いまひとつ頼りない。年上のはずなのにあまり年上という感じがしなくて、危なっかしくて目が離せない。そんな印象の人だった。

神島古物商店は、古美術品だけじゃなく、ブランドバッグから貴金属まで、売れそうなものはなんでも買い取る、そういうスタンスの店だ。

　俺は焼物や絵画といった古美術品が好きで、それらに関してはいくらか知識があった。だけど、宝石や貴金属、特にブランド品にはまるで興味が持てなくて、そういった物品の買取りを苦手としていた。だからだろう。俺が苦手な分野に詳しい三枝先輩と組んで仕事をする機会が多かった。

　もしかしたら、俺が少しばかり扱いにくい新人だったから、人当たりのいい彼女が、俺の担当として仕事を押しつけられていたのかもしれない。

　一緒に仕事をしていくうちに、三枝先輩は俺にとって気になる人になっていった。

　きっかけは、俺がべた褒めした中国絵画を彼女がけなしたことだ。人の言葉や世間の価値観に左右されず、自分の意見を言える人なんだなって思った。

　三枝先輩は特にブランド品や宝飾品に詳しかったから、なんだか意外だった。中身に関係なく、高価なものは全部いいというようなタイプだと思っていたのだ。

　ガサツなようで、品物を丁寧に扱う姿も好感が持てた。ブランド品が好きなんですか？って聞いたら、返ってきた言葉が印象的だった。

「品物がどうっていうより、その品物がどうしてうちに来たのかが気になるんだよ。高価な品って特別な贈り物だったりすることが多いでしょう？　売られた品が、行き場のなくした想いの果てだと思うと、切ないなって」

　それまで、俺はブランド品をどこか馬鹿にしたような気持ちがあった。そのブランドのタグがついていれば、中身がどうだろうと関係ない。自分を良く見せたい見栄で買われる品物だと。

　だけど、どんな品でも中古品には買った人の想いと、売られるに至ったドラマがあるのだ。

　そう思ってブランド品について調べてみると、やはり高い品には高いだけの理由やこだわりがあり、その価値を保つために色々な努力があるのだと知った。自分が狭い価値観で物事を見ていたのだと気づいて、ますます彼女に興味を持った。

　こんな風に、自分から誰かを好きだと思えたのは初めてだった。

　だけど、好きだと思えば思うほど、どう距離を詰めていいかわからなくなった。三枝先輩はまるで俺に興味を示さない。それどころか、なんとなく恋愛を避けている節すらある。下手に距離を詰めて、嫌われてしまったらと思うと怖くなって、自分も興味がないみたいな態度で接することしかできなかった。

　それなのに、三枝先輩は俺の手を握っていて、今までとは明らかに雰囲気の違う様子で俺を見つめていたのだ。

「いったい、なにがどうなっているんだ……？」

　三枝先輩が出て行った病室のドアを、俺は茫然と眺めていた。

　先輩が言うには、俺は仕事の途中で簪に呪われて、ここ数日の記憶を失っているらしい。

　そんな馬鹿なと思ったが、たしかに、俺の記憶は先輩と一緒に群馬に向かった途中からすっぽりと抜け落ちている。

　しかも、その呪いを解くために俺はなぜか先輩と結婚式を挙げたというのだ。

　いったい、なにがどうしてそんな事態になったのか詳しく聞きたかったのだけれど、先輩の表情を見て言葉を失った。

　三枝先輩はとても悲しそうな、今にも泣き出しそうな顔をしていた。

　彼女のそんな表情を見るのは初めてで、思わず手を伸ばしたら、その手を叩き落とされてしまった。

「触らないで」

　それは、彼女からの明確な拒絶。

　面倒くさそうにされたことはあっても、あからさまに拒絶されたのは初めてで、心が乱される。

　俺がなにかを言う前に、先輩は逃げるように部屋を出て行ってしまった。

　いったいなにが起こっているのか、俺はまったく理解できなかった。

　だけどおそらく、記憶のないあいだに俺が先輩になにかしたのだろう。

　呪いを解くために結婚式を挙げたと言っていたが、もしかしたら、それが泣きたくなるほど嫌だったのかもしれない。

「……ああ、くそ！」

　俺はがしがしと頭をかいて、胸部に張りつけられたパッドを剝がしてベッドから降りた。

勝手なことをしてあとで医者に怒られるだろうが、それよりも今は先輩のことが気になる。どうしてあんな顔をしていたのか、俺がなにかしてしまったのか、聞き出さないと気になって落ち着かない。

　俺は病室を飛び出して先輩を探した。ナースステーションを出た先輩が、エレベーターに乗っていくのが見える。追いかけようとした瞬間、エレベーターのドアが閉まった。ランプは一階へと降りていく。

「あ、保科さん。ダメですよ、勝手に病室を出ちゃ！」

ナースステーションを出てきた看護師さんが、俺を咎めた。けれども俺は、このまま先輩を帰したくなかった。

「すみません、すぐに戻りますから！」

　看護師さんにそう叫ぶと、俺は階段へと向かった。先輩が向かったであろう一階まで急いで駆け降りる。肩で息をしながらロビーに出て先輩を探すと、見慣れた後姿を玄関前に見つけた。

「せんぱ……」

　声をかけようとして言葉が止まった。先輩の隣には店長がいて、俺が入りこめないような雰囲気で言葉を交わしていたからだ。俺がふたりに声をかけられずにいると、店長は先輩の腕をとって、病院の外へと連れ出してしまった。

「もう、保科さん！　勝手なことをしないでください！」

俺を追いかけてきた看護師さんが、そう叱ったあとに俺の視線の先を見て、眉根を寄せた。

「もしかして、奥さんと喧嘩でもなさったんですか？」

「え？」

「結婚式が台無しになったのはお気の毒でしたけど、体調は仕方がないことですから」

看護師さんは、俺を慰めるようにそう言った。

ああ、そういえば、俺は先輩との偽の式の途中で倒れたんだったっけ。

そのまま搬送されたので、どうやら病院では俺と先輩は夫婦扱いらしい。

どう返事をすればいいか困っていると、看護師さんは同情した目を俺に向けた。

「大丈夫ですよ。着替えを取りに戻るという伝言をもらっていますから。待っていれば、ちゃんと話ができます。だから、大人しく病室に戻りましょう」

「そう……ですか」

先輩と、あとでちゃんと話ができるだろうか。

振り返ると、先輩と店長の姿は見えなくなっていた。

並んで歩くふたりの姿は俺と違ってお似合いで、胸のあたりが小さく疼いた。

病室に戻った俺の前に医者がやって来て、色々と説明をしてくれる。俺が倒れた原因は不明で、身体に異常は見つからないらしい。念のためにひと晩入院して、何事もなければ明日には家に帰ってもいいと言われた。

急遽入院となって、着替えもなにも持っていない。先輩が俺の家に荷物を取りに向かってくれたらしいので、戻ってくるのを待つ。

病室にいるとなにもすることがない。記憶の手掛かりはないかと俺はスマホを開いた。ディスプレイに表示される日付が俺の記憶している日から数日飛んでいる。仕事で使用しているメールの履歴を辿ると、店長や門崎という知らない男とのやりとりが残っていた。内容は、呪いに関することがほとんどだ。先輩の言った通り、この数日、俺が呪われていたというのは間違いないらしい。

記憶の糸を探ろうとスマホを調べていると、コンコンと部屋のドアがノックされた。先輩が戻ってきてくれたのだろうか。

「せんぱ――」

「ごめんね。三枝さんじゃあないんだ」

そう言って、紙袋を片手に病室の中に入ってきたのは店長だった。あてが外れて、俺はほんの少し肩を落とす。

「店長。すみません。三枝先輩が来てくれると伺っていたので、間違えました」

「ううん、いいんだよ。というか、僕でごめんね？」

「なんの謝罪かわかりませんが。着替えを持ってきてくださったんですよね？　ありがとうございます」

ほんの少しの落胆を見抜かれたようで、俺は苦い感情を押し殺した。店長はいい人なのだけれど、なにもかもを見透かされた気分になることがある。少し苦手だ。

「本当は三枝さんが行くって言ったんだけどね。彼女、すごく疲れていたみたいだから。家に帰したんだ」

「そうですか。色々あったようですから、いい判断だと思います」

口先でそう返しながら、俺はなんとも言えないモヤモヤした思いが胸の中に渦巻くのを感じていた。先輩の様子がどこかおかしかったのは、俺だって気づいていた。だから先輩のあとを追いかけたんだ。

だけど結局、先輩のフォローをしたのは店長なのだろう。

記憶がない俺には、先輩がどうしてあんな顔をしていたのか、その検討すらつかないのだ。

店長はベッドのそばまで歩いてきて、すぐ隣にあったチェストに紙袋を置いた。それから、はいっと俺になにかを差し出す。店長の手の平には、見覚えのある小さな鍵が乗っていた。

「これ、俺の家の合鍵?」

「返しておいてくれって、三枝さんから」

渡した覚えのない鍵を、首をひねりながら受け取る。どうやって着替えを持ってくるのか疑問に思っていたのだが、どうやら俺は、三枝先輩に合鍵を渡していたらしい。いったい、どういう意図があって、こんなものを彼女に渡したのだろうかと気になってしまう。

「保科くん、呪われていたあいだの記憶がないんだって？」

「そうらしいです。なので、申し訳ないのですが、業務連絡も忘れていると思います」

「うん。仕事については、明後日に三枝さんともう一度群馬に向かってもらうことになってるよ。くだんの案件が、全品買取りって方向で話がついたからね」

あとで買取りリストにもう一度目を通しておいてと言われて、俺は素直に頷いた。

「重要な引継ぎはそれくらいですか？」

「保科くんは、呪いを解いてもらうために、あまり店にいなかったからね。仕事の関係では、知っておいて欲しいのはそれくらい」

「仕事の関係では？」

含みのある店長の言葉に俺は眉根を寄せた。

店長は普段の穏やかな表情を消して、俺を見る。

「その様子だと、呪いの詳細も彼女から聞いてないんだね」

「婚約者と結婚したかった霊の念がこめられていたようなことは聞きましたが……」

「具体的に、呪われてどういう状態だったとかは？」

俺は首を左右に振った。呪いについて、先輩はさらりと概要を話しただけだったのだ。

実際にどんな呪いがかかっていたか、詳しく聞かされてはいない。

「僕もそこまで詳しく知っているわけじゃないけどね」

そう前置きしてから、店長は呪いの詳細を話してくれた。

先輩と離れると具合が悪くなってしまうことや、呪いの影響を受けて先輩に好意を打ち明けてしまっていたことなどを聞いて、俺は目を丸くした。

「待ってください、先輩と離れたら具合が悪くなるって。じゃあ、数日間も俺はどうしていたんですか？」

「はっきりどこでどうしていたか、僕は知らないけど。三枝さんは、ずっと君のそばについてくれていたみたいだよ」

「ずっとって……」

どのくらいずっとだったのかと考えて、三枝先輩が合鍵を持っていたことに思いいたる。

まさかとは思うが、先輩が俺の家で寝泊まりしていたのだろうか。

そこまで考えて、かっと俺の顔が熱くなる。

「君は全部忘れてしまったみたいだけど、彼女とずいぶん親密に接していたってことは、頭に入れておいて」

「待ってください。親密って、どのくらい？」

「そんなの、僕が知ってるわけないでしょ」

店長の言葉に俺は頭を抱えた。この数日、先輩と同居していたとか、嘘だろう？

俺はいったい、彼女になにをしたのだろうか。まさか、無理やり酷いことをしてしまって、そのせいで今日、先輩の様子がおかしかった？

色々な想像が頭をよぎって顔が青くなる。

そんな大変なことを、どうして俺は忘れてしまったのか。

「あんまり、従業員のプライベートに口出ししたくはないんだけどね。三枝さんを泣かさないで欲しいんだ」

店長に釘（くぎ）を刺されて、俺は眉根を寄せる。

「どうして、どうして、店長がそんなことを言うんですか」

「さあ、どうしてだと思う？」

店長は挑発するようにふっと笑って見せた。含みのある言葉に、俺はぎゅっと拳を握る。

店長は誰に対しても親切だけれど、三枝先輩に対しては、特に目をかけている節があった。

まさか、俺と同じように先輩に対して特別な感情を抱いている？

「店長は先輩のこと、どう思っているんですか？」

「素直で可愛い子だなって思ってるよ。ああいう子とつきあったら、きっと楽しいだろうね」

それは、先輩に好意を持っているという意味なのだろうか。

じんわりと嫌な汗が浮かぶ。店長は俺よりも先輩とつきあいが長くて、先輩よりも年上の男だ。先輩がなにかと店長を頼りにしているのも知っている。

対して俺は年下だし、男として欠片も意識してもらえていない。先輩に対しては素直になれず、憎まれ口ばかり叩いているような有様だ。

もし店長が先輩を好きなのだとしたら、俺に勝ち目はあるのだろうか。

「それじゃあ僕は帰るよ。明日は一日ゆっくり休んで、明後日は仕事だから忘れずに店に来てね」

店長はいつも通りの柔和な笑みを浮かべて、ひらひらと手を振って病室を出て行った。

＊　＊　＊

今日は群馬まで買い取った品物を取りに行く日だ。

私は少し緊張しながら店へと向かった。なにせ、今日は記憶を失った保科くんと一緒なのだ。

保科くんは、昨日、無事に退院したらしい。色々とありがとうございましたと、短い連絡が届いた。今日の業務についても店長から話を聞いているようで、よろしくお願いしますと添えられていた。

前回、微妙な感じで病室から出て行ってしまったから、どんな顔をして保科くんと話せばいいのかわからない。

記憶を失った期間のこと、絶対に聞かれるよね？

私はどこまでを保科くんに話していいのか、計りかねていた。なにせ私と保科くんはずっと親密にしていたし、途中で本当の恋人になった。それをそのまま話すわけにはいかない。

緊張しながら店に向かうと、保科くんはもう準備を始めていた。私の顔を見て保科くんの表情が強張る。けれどもそれは一瞬で、すぐに彼はいつもの顔で小さく会釈をした。

「おはようございます、先輩」

「おはよう保科くん。今日はよろしくね」

ぎこちなく挨拶を交わしたあと、沈黙が落ちる。私もだけれど、保科くんもどことなく緊張している感じがする。ここのところずっと一緒にいたのに、こんな空気になるのは初めてだ。

呪われる前の保科くんと、どんな会話をしていたんだっけ。距離感が思い出せないまま、私は無言で準備を手伝った。

「それじゃあ、向かいましょうか」

「うん、そうだね」

ぎこちない空気を消せないまま準備を終えて、私たちは軽トラックへと向かう。車の鍵は保科くんが持っていた。

「俺、運転しますよ」

「うん、お願いしていいかな？　私の運転は荒いみたいだし」

私がふざけて言うと、保科くんは困ったように顔を顰めた。

「本気にしないでください。先輩の運転、そこまで酷くありませんから」

保科くんは小声でそう言うと、運転席へと乗り込んだ。

私は呆気にとられた気持ちで保科くんが車に乗るのを見送る。エンジンがかかる音を聞いて、慌てて助手席へと乗り込んだ。

どうしたんだろう、保科くん。

呪われていたときとはもちろん違うけれど、その前とも、どこか様子が違う気がする。

私はなんとも落ち着かない気持ちでシートベルトを締めた。ふと視線を感じて顔をあげると、保科くんがじっと私を見つめている。

「えっと、どうしたの？」

「……いえ、なんでもありません」

保科くんの様子がおかしい。だけど、私もたぶん普通じゃあない。

保科くんの隣にいると、ドキドキする。普通ってどうだったっけ。もっと自然に会話できていたはずなのに、気の利いた話題のひとつも浮かばない。

車はゆっくりと発進した。いつも通り、よどみない丁寧な運転だ。

「体調、もう大丈夫なんだよね？」

「はい。たぶん、呪いが解けた影響で倒れただけなんでしょうね。病院でゆっくり休ませてもらって、かえって体調がいいくらいです」

「気がついたらいきなり病院だなんて、大変だったでしょう」

「そうですね。病院の先生や看護師さんの対応が少し……困りましたね」

保科くんは苦虫を噛み潰したような顔を作った。

「俺、結婚式の途中で倒れたんですよね。それが病院中に知れ渡っていたようで。お気の毒だと言われたり……あと、先輩が途中で帰ったものだから、式を台無しにしたことで奥さんと喧嘩したのかと誤解されたり、色々です」

「ええっ⁉」

まさか、私が病室から逃げ出したことで、そんな風に噂されているとは思わなかった。

だけど、考えてみたら当然である。結婚したばかりの夫が倒れたなら、妻はもっと心配してつきそうだろうし、退院のときだって迎えにくるのが当然だろう。

「うわぁ、ごめん。そこまで考えが及んでなかった」

「いえ。実際は夫婦ではないのだから、当然だと思います。嘘をついているのが心苦しかったくらいで、なにか実害があったわけでもないですし」

「だとしても、もっと保科くんをフォローするべきだったのに」

自分のことばかりで、保科くんを思いやれていなかった。そう反省していると、車は高速道路へと入った。ぐっと速度が上がって、外の景色がぐんぐんと流れていく。

「先輩はおととい、病院から店長と帰ったんですよね」

しっかりと前を向いたまま、ぽつりと保科くんがそう零す。

「え？　ああ、うん。店長から聞いたの？」

「……まぁ、そんな感じです」

保科くんは歯切れの悪い様子で、何度か口を開けたり閉じたりして、それからまた、ぽつりと問いかけた。

「店長と、なにを話したんですか？」

あの日、店長と話したのは、保科くんについての話題だ。

私が保科くんを好きだということを打ち明けた。だけど、そんなのを本人に言えるはずがない。

「ちょっと相談に乗ってもらっただけ。そんな大した話はしてないよ」

「相談って？」

「それは……」

私が口ごもると、保科くんは前を向いたまま小さく息をはいた。

「いえ、すみません。俺には言えませんよね」

保科くんは口元をへの字にして、そのまま黙り込んでしまった。

呪われていた期間について聞かれるかと思っていた私は、拍子抜けした気持ちで彼の横顔を眺める。けれども、不機嫌そうに前を見つめる保科くんからは、なにを考えているのか読み取ることはできなかった。

会話も少なく移動を終えて、目的地へとたどり着く。前回と同じように、クライアントの立ち合いはなしでの引き取り作業だった。預かっていた鍵で無人の家へと入り、蔵をあける。

つい数日前に来たばかりだというのに、なんだか、久しぶりのように感じた。

「保科くんは前回の査定中から記憶がないんだよね。引き取りリスト、わかる？」

「大丈夫です。先輩が作った見積りのコピーを店長に送ってもらいましたんで」

「そっか。わからないことがあったら、質問してね」

手袋を嵌めて蔵の中へと入る。薄暗くて埃っぽい蔵は、相変わらず蒸し暑い。リストを眺めながら、てきぱきと品物を軽トラックに積み込んでいった。

汗が玉みたいになって額を伝う。ふぅと腕で顔を拭うと、なぜかこちらを見ていた保科くんと視線がぶつかった。

「保科くん、どうしたの？」

「例の簪は今、先輩が持っているんですよね。あれもどこかで売却するんですか？」

「あー、あれね。呪いは解けたし、売れないことはないんだろうけど」

なにせ呪われていた品物だ。売却して、その先で問題が起こると怖い。

「保科くん、買わない？」

「え、俺ですか？」

「うん。覚えてないだろうけど、欲しいって言ってたよ。いわくつきの品物、好きなんでしょう?」

記憶がなくなったとはいえ、保科くんが話してくれたこと全部が嘘ということはないだろう。

問いかけると、保科くんはなんとも言えない顔をした。

「俺、先輩にそんな話をしたんですか」

「おじいさんの壺を割っちゃった話も聞いたよ。素敵なおじいさんだった」

「うわ。俺、先輩になにを話してるんだろう。変なこと言ってませんでしたか?」

「変といえばずっと変だったよ。保科くん、呪われていたし」

私のことを好きだと告げて、優しく抱いてくれたのだと言えば、彼はどんな反応をするだろう。照れるだろうか。それとも、困る? もし本当に私のことが好きなら、喜んでくれる?

気になるけれど、もし嫌がられたり、忘れてくださいなんて言われたらと思うと、とても口にできなかった。

「すみません。俺、たぶん、先輩に迷惑をかけていたんですよね」

「うーん。色々あったけど、迷惑だったとは思ってないよ」

「でも、先輩は俺から離れられなかったんでしょう? 店長から聞きましたよ。それで、俺の家に泊まり込んでいたんじゃないですか」

どうやら店長は、呪いの詳細を保科くんに話してしまったらしい。

なにをどこまで打ち明けるべきか、私はちょっと悩む。

「家に泊ったのは不可抗力だし、保科くんのせいじゃないから。気にしないで」

できるだけ軽い感じで言うと、保科くんは不服そうに眉を寄せた。

「先輩は気にしていないんですか。俺の家に何日も泊っても、なにも思わなかった？」

「非常事態だったからね。私から離れたら保科くんが倒れちゃうし、仕方なかったんだよ」

我ながら、心にもない言葉だ。最初は仕方ないという感情だったけれど、途中からは保科くんと一緒にいるのが心地良くなっていた。

気にしないで欲しいなんて大嘘だ。私のことをもっと気にして欲しいし、できることならあの時間を思い出して欲しい。

だけど、そんな醜い本音を、今の保科くんに言えるはずがない。

私がどうにか取り繕っていると、保科くんは落胆したように肩を落とした。

「そうですか。俺の家に泊るなんて、先輩にとっては大したことじゃあないんですね」

「え？」

「こっち、トラック積んできます」

保科くんは早口に言って、床に積んであった段ボール箱を持ちあげた。

今の台詞はどういう意味だったんだろう。まさか、私に意識して欲しかった……とか？

保科くんの些細（ささい）な一言で心が乱されて、簡単に期待してしまう。

問いかけようにも、保科くんは荷物を積みに蔵を出て行ってしまっていた。

荷物の積み込み作業を終えても、時間はまだ昼過ぎだった。今回は査定がないし、トラブルも起きなかったので早く仕事が終わった。近くにあったファミレスで遅めの昼食を終えて、東京へと戻る。それでも、店に着いたのは六時を過ぎていた。

駐車場に軽トラックを停めると、買い取った品を店の倉庫へと運び込む。分類しながら倉庫にしまう作業は、結構手間がかかるのだ。閉店時間を過ぎたところで、店長も店から出てきて作業を手伝ってくれた。

「ふぅ、これで全部かな？」

「トラックに残っているのは、処分を依頼された品だよね。こっちはもう廃棄だから、いつもの業者に引き取ってもらおう」

店長がトラックに残った荷物を見分しながら言う。利益にならないと判断された品はうちで買い取ることはできない。お客様が廃棄して欲しいと希望したものは、そのまま別の業者に処分してもらうことになる。

「今回の案件は大変だったたね」

依頼自体はよくあるものだ。クライアントの蔵に眠っていたのは状態がいい品が多く、店として利益もあった。けれどもやはり、大変だったという印象が拭えない。

「ふたりともお疲れ様でした。今日はもう店も閉めたし、上がっていいよ。あ、そうだ。もし良かったら、これから一緒に飲みに行く？　無事に呪いが解けた打ち上げってことで」

「いいですね。あ、でも保科くんは……」

私は店長の言葉に頷いてから、窺うように保科くんを見た。マイペースなところがある保科くんは、あまり職場の人間と飲みに行ったりしない。誘っても断られることがほとんどだ。

店長もそれを知っていて、保科くんの顔を見てにっこりと笑って頷いた。

「ああ、そっか。保科くんはあんまり人と飲むのが好きじゃないんだっけ。無理に誘うのも悪いよね」

なぜか楽しそうに店長はそう言ってから、私へと向き直った。

「じゃあ三枝さん。ふたりで飲みに行く？　俺も行きます」

「誰も行かないなんて言ってません。俺も行きます」

店長の言葉を遮るように、保科くんはすかさず声をあげた。

保科くんが食い気味に飲みに行きたがるなんて珍しくて、私は目を瞬く。

「本当？　良かった。じゃあ、三人で行こう。あ、倉庫の鍵を閉めてくるからちょっと待ってて」

店長がそういって倉庫へと消えていくと、保科くんは息をはいた。

ビルから洩れる明かりに照らされた保科くんの横顔は、不機嫌そうに歪んでいる。

「先輩、ちょっと警戒心が薄すぎませんか？」

「え、なんの話？」

「男とふたりで飲みに行くなんて、襲われても文句言えませんよ」

まさかと言おうとして、私は保科くんを自宅に招いたときのことを思い出した。

店長とああいう流れになるなんて想像できないけれど、保科くんという例もある。

「宅飲みじゃないし、警戒しすぎでしょ。それに、まだ行くとも言ってなかったよ」

「先輩なら、絶対に行くって言うと思ったから注意してるんです」

「相手は店長だよ？　保科くんじゃあるまいし」

「なんで俺を引き合いに出すんですか。っていうか、先輩は店長を信頼しすぎじゃないですか？　あの人だって男なんですよ」

保科くんは苛立った様子だ。

私にしてみれば、保科くんがどうしてそんなに店長を警戒しているかわからない。店長とは何度も飲みに行ったことがあるが、そんな空気になったことは一度もないのだ。

私が首を傾げていると、店長が倉庫から戻ってくる。

「お待たせ、じゃあ行こうか。……あれ、なんかモメてた？」

私たちのあいだに漂う微妙な空気を察して、店長は不思議そうに首を傾げる。

「なんでもありません。行きましょう」

店長に連れられて向かったのは、店からそう遠くない場所にある居酒屋だった。純和風な店で、靴を脱いで畳に上がる座敷タイプの半個室に案内される。掘りごたつのようになった座席の奥側に座ると、反対側の席に店長と保科くんが並んで座った。

一杯目は全員が生ビールを頼み、お通しが配られるとカンッとグラスをぶつけた。ほろ苦い炭酸が喉を通る感覚が心地いい。

「保科くん、呪い解除、おめでとう」

「ありがとうございます。呪われていた記憶がないので、変な感じですが」

「覚えてないの、勿体ないよね。三枝さんと結婚式まで挙げたんだよ？」

店長がからかうように言ったとき、テーブルに料理がやってきた。焼き鳥にお刺身の盛り合わせ、揚げ出し豆腐。好きな料理を選んで、適当に小皿へと盛る。

「僕も見たかったなぁ、三枝さんの白無垢。保科くんだけズルイ」

「ズルイって言われても、俺も覚えていませんから」

店長に絡まれて、保科くんは困った様子だ。

綺麗だって褒めてくれたんだけどな。それも全部、忘れちゃったんだ。

面白くない気分で私はビールを口に含む。

「本番は絶対に招待してよね、三枝さん。ああでも、ウェディングドレスのほうがいいのかな？」

「特にこだわりはなかったんですけど。今回、思いがけず白無垢を着られたので、もし本番があるならドレスを着てみたいですね」

「ふーん。三枝さんはドレス派なんだって、保科くん」

「……なんで俺に話を振るんですか、知りませんよ」

保科くんはちらりと私を見てから、小皿の上の揚げ出し豆腐を箸で崩した。

「え、保科くんは興味ない？　僕は見てみたいけどなぁ。三枝さんのドレス姿」

「店長、保科くんが鬱陶しがってますから。絡まないでやってください」

「えぇ？」

店長はなにを考えているのか、にやにやと笑いながら私と保科くんを見比べる。

「でもさ、三枝さんくらいの年齢だと、結婚し始める人も多いよね。そういう願望とかないの？」

「ないこともないですけど、相手がいませんから」

たしかに、友達の結婚式に呼ばれることも増えてきた。だけど、これぱっかりは相手がいないとどうにもならない。そもそも、そこまで結婚願望が強いほうでもない。

保科くんと式を挙げたときは、そんな未来を想像したけれど……今はこんな状態だ。

表情の読めない顔でビールを飲む保科くんを横目で見て、小さく息をはいた。

「私よりも店長のほうが先でしょうに。いくつでしたっけ？」

「今年で三十五だね。いい加減結婚しろって、親にはうるさく言われるんだけど、相手がねぇ」

　店長は軽く肩をすくめてから、ちらりと保科くんへと視線をやった。それから、もう一度私のほうを向いて、悪戯でもするような笑みを見せる。

「そうだ、三枝さん。相手がいないなら僕なんてどう？」

「えぇ？」

　なにを言っているんだと私は目を細める。店長は、私が保科くんを好きだと知っているはず。

　普段はこんな冗談を言ったりしないのに……まさか、保科くんを挑発してる？

「タバコも吸わないし、ギャンブルもしない。貯金もそこそこあるし、お買得だよ」

「お買得って……店長、結婚願望あるんですか？」

「あんまりないけど、三枝さんならいいかなって。気心も知れてるし」

　まったく本気を感じさせない口調で、店長がそう言った、そのときだった。

　ドンッと大きな音を立てて、保科くんがジョッキをテーブルに置く。

「すみませんが、店長。従業員を口説くならよそでやってくれませんか」

「あれ、保科くん、機嫌悪い？」

「目の前でナンパされるの、不愉快です」

「目の前じゃなかったらいいの？」

　思った通り、店長はどうやら、わざと保科くんのことを煽（あお）っているようだ。

私が保科くんを好きだと言ったから、店長なりに協力してくれているのかもしれない。

だけども、保科くんはこういうの、嫌がるんじゃないだろうか。もし保科くんが私に興味がないのだとしたら、逆効果だとハラハラする。

「じゃあ、三枝さん。ここを出たらふたりで飲みなおす？　なんならうちに来てもいいよ」

さすがに悪ふざけが過ぎると店長をたしなめようとしたとき、保科くんが苛立った様子で席から立ち上がった。

「俺、帰りますから。店長、支払いはお願いします」

「奢るのはいいけど……帰るの？」

ああほら、やっぱり逆効果だった。保科くんは怒って帰ってしまうらしい。

私が息をはきだしたそのとき、ぐっと腕を摑まれて目を丸くする。

「行きますよ、先輩」

「え？」

保科くんはなぜか私の腕を引いてそう言った。行くって、まさか私も？

「わっ、待ってよ。保科くん！」

腕を引かれるまま立ち上がって、私は店長を振り返る。

店長は口元に笑みを浮かべたまま私にウインクをして、保科くんから見えない位置でひらひらと手を振って見せた。

保科くんは手早く靴を履くと、店の外に向かってぐんぐんと歩く。私は遅れないように彼の後ろを追いかけた。店を出て、繁華街をしばらく歩き、ひとけのない路地まで到着したところで、ようやく保科くんは立ち止まる。

「保科くん、さすがにちょっと強引過ぎたんじゃ……」

私がそう言うと、保科くんがじろりと私を睨んだ。

「俺が連れ出さなかったら、先輩はどうしていたんですか」

「どうしていたって」

「店長に口説かれて満更でもなかった？　あのまま、店長の家に行きたかったんですか？」

保科くんは苛立った口調で私を責める。

店長は本気で私を口説いていたわけではないだろう。だけど、それに気づかないほど、保科くんは怒ってくれたのだろうか。

心臓の音が速くなる。期待してしまう心を抑えられない。

「いくらなんでも、店長の家についていったりしないよ」

「わからないじゃないですか。先輩は俺の家にだって気軽に泊ったんですから」

「気軽に泊ったつもりはないけど」

「非常事態だったからって言いたいんですか？　だとしても、他にやりようはあったでしょう。男の家になんて行ったら、襲われても文句なんて言えませんよ」

保科くんは興味のない人間をこんな風に叱ったりしない。そんなお節介な性格ではないのだ。どうでもいい人が相手なら、その人がどうなろうと放っておくのが保科くんだ。だから、こうして私を叱ってくれるのは、保科くんが私を気にかけてくれている証でもある。

ずっと前から私を好きだったって、そう言ってくれた言葉が嘘じゃないって、もう一度、信じてみていいだろうか。

私はぎゅっと手のひらを握った。

「襲われてもいいって思ったから、保科くんの家に行ったの」

「……え？」

私の言葉を聞いて、保科くんは目を丸くした。

心臓がバクバクする。確証もないのに、自分から想いを伝えるのは、こんなにも怖いものなのか。

それでも、保科くんはそうやって私に伝えてくれたのだ。だから、今度は私が頑張る番だ。

「気軽になんて泊ってない。保科くんの家だから、行ったんだよ」

背中から汗が吹き出る。緊張で微かに手が震えた。このまま逃げ出したい気持ちを抑えて、正面からまっすぐに保科くんを見つめる。

「私、保科くんのことが好きなんだよ。ちゃんと伝えたのに、全部忘れちゃったのは保科くんのほうじゃない」

言えた。言ってしまった。

緊張で口から心臓が飛び出しそうだ。保科くんの反応が怖い。

真っ赤になりながら保科くんを睨みつけると、保科くんは茫然とした様子で口を開いた。

「……は？　え、ちょっと、待ってください」

狼狽えた様子で口元を手で覆うと、彼は顔を真っ赤に染めた。

「なんですかそれ。……本当に？」

「こんな嘘なんてつかない」

「でも、先輩、俺のことなんて眼中になかったじゃないですか。信じられません」

想いを信じてもらえないのは、こんなにもどかしいものなのか。

保科くんにした仕打ちが返ってきたようで、私は思わず苦笑した。

「保科くんのこと、好きだよ。ひねくれているようでまっすぐなところも、古美術品を見つけると子どもみたいに目が輝くところも、急に大人の男の人みたいな顔をするところも。全部好き」

普段はすましているくせに、好きな人には急に甘くなって。ちょっとだけ強引で。

保科くんの色んな面を見せられて、惹かれていった。

「ただの先輩なんかじゃ嫌だ。保科くんの特別になりたいって思ってる」

いつか保科くんにもらった言葉を返すと、保科くんは顔をさらに赤くして狼狽えた。

「先輩。それ、反則ですよ」

「ちなみに、保科くんも、私を好きだって言ってくれたんだけど」

「……え?」

「他にも、あんなことやこんなことがあったんだけど。ぜーんぶ忘れちゃったんだよね」

「待ってください。なにがあったんですか⁉」

「教えない」

私は口を尖らせて、意地悪く言った。

保科くんのせいじゃないってわかっていても、全部忘れてしまったこと、本当は少し怒っているのだ。

「教えて欲しかったら、保科くんの気持ちも教えてよ」

私の思い上がりじゃなかったら、たぶん、そうなんだろうって思う。

保科くんの反応を見ていたら、そうなんじゃないかって期待してしまう。

だけど、ちゃんと聞かせて欲しい。

「俺も、先輩のことが好きです」

私の目を見て告げられた言葉を、私はじっくりと嚙みしめる。

呪われていたあいだは、何度も好きだと言ってくれた。

だけど私はその言葉を、呪いのせいだと素直に受け取ることができなかった。

今、保科くんの呪いは解けている。だからこれは、なににも干渉されない彼の気持ちだ。

「ずっと前から、先輩のことが気になっていました。けど、先輩は俺のことなんてなんとも思ってないだろうってわかっていたから、言うつもりなんてなかったんですけど……」

保科くんは一度言葉を切ってから、ちらりと腕に嵌めた時計を見た。終電にはまだ早い時間。帰ろうと思えば、いくらでも家に帰ることができる。

「先輩、今から俺の家に来ませんか？　もっとゆっくり話がしたい」

「話だけなの？」

私が挑発すると、保科くんは面食らったように目を丸くした。それから大きく息をはくと、欲のこもった熱い目で、じっと私を見つめる。

ああ、この目が見たかったのだ。保科くんに見つめられ、私の身体が熱くなる。

「もちろん、襲われてもいい覚悟で来てください」

覚悟というよりも期待をこめて、返事の代わりに私は保科くんの手を握った。

電車に乗って、ふたりで保科くんの家へと向かう。どうにも緊張してしまって、道中ほとんど会話はなかった。だけど、手だけはしっかりと繋（つな）がれていて、それがなんだか心地いい。

もう見慣れた保科くんの家に入ると、座ってくださいとソファーをすすめられた。なにか飲みますかと、保科くんが冷蔵庫をあける。お言葉に甘えてビールをお願いした。

「先輩が俺の家にいるの、変な感じです」

「そう？　私はもう慣れちゃったけど」

私の言葉を聞いて、保科くんは拗ねたような顔をした。

「記憶がないのが本当に悔しい。俺、どんな風に先輩と過ごしていたんですか？」

「うーん。なんていうか、かなり親密だったよ。保科くん、呪いのせいで私にベタ惚れって感じだったし」

「ベタ惚れですか」

「うん。すぐに好きだとか言ってきて、別人かと思った」

私が笑うと、保科くんはグラスをテーブルに置き、おもむろに私の腕を摑んだ。

「好きです、先輩」

低い声のトーンで囁かれて、ひゅっと息をのむ。

まだ呪いが解けていないのかと思うくらいに、前と同じような甘い瞳。

「呪いなんかなくても、俺は先輩が好きですよ」

「……心臓、止まるかと思った」

「少しは俺にドキドキしてくれました？」

少しどころの話ではない。呪われてからこっち、保科くんにはドキドキさせられっぱなしだ。

保科くんはソファーの上で距離を詰めたまま、微かに掠れた声で耳元で喋る。

「俺は先輩と、どこまでしたんですか？　キスは？」

「キスは……した、かな」

「ふぅん」

保科くんは低く唸ると、私の頬に手を置いた。ゆっくりと保科くんの顔が近くなって唇が重なる。最初触れるだけだったそれは、段々と深くなっていく。

記憶を失っているはずなのに、キスのしかたは前と同じで、やっぱり呪われているあいだも保科くんは保科くんだったんだなって、変なことを思ってしまった。

「先輩。キス、慣れていますね？」

「え？　そんなことないけど」

「そんなことあります。先輩に触れて俺の心臓は壊れそうなくらいなのに。先輩は余裕があるじゃないですか」

そんなことはないのだけれど、保科くんとキスするのは初めてじゃないから、その分の余裕が出てしまったのだろうか。

「私がキスに慣れたとしたら、保科くんのせいだよ」

「悔しいな。まさか、自分に嫉妬することになると思いませんでした」

「んっ」

再び唇が重なる。さっきよりもっと深く、保科くんが私の奥を蹂躙する。息が苦しくなるくらい激しいキスは、保科くんが嫉妬してくれているからだろうか。

もっとひっつきたくて、私は彼の身体に腕を回した。

「先輩。したの、キスだけじゃないですよね。その先も？」

「それは……」

「あ、やっぱり言わなくていいです。覚えてないの、めちゃくちゃ悔しくなるんで」

自分で聞いておいて理不尽な、という文句は保科くんの唇にのみ込まれた。唇を重ねながら体重をかけられて、私の背中がソファーに埋まる。保科くんが私の上に覆いかぶさった。

「先輩、いいですよね？　襲われる覚悟、して来てくれたんですから」

欲望のこもった目で見下ろされて、お腹の奥のあたりが切なくなる。もちろん、断る理由なんてない。私はゆっくりと頷いた。

保科くんの手が私のシャツの中に入り込む。服をめくりあげると、保科くんはふと不機嫌そうに眉根を寄せた。

「先輩、これ、俺ですか？」

そういって保科くんが指摘したのは、私の肌に散った無数のキスマークだった。保科くんが記憶を失う前日につけられたものである。時間が経って薄くなっているが、まだはっきりわかるくらいの跡が、あちこちに残っていた。

「う、うん。保科くんがつけたやつだよ」

「……我ながらめちゃくちゃ残してますね。気持ちはわからなくもないですが」

BEER

自分がしたことなのに、保科くんは憎らしげに軽く唇を尖らせた。

じろりとキスマークを睨んでから、同じ個所に口づけを落とす。薄くなった跡に吸いつくと、上から新しく濃い色が残った。

まるで過去の自分を上書きするように、保科くんは目についた印のすべてにキスを落としていく。

「こんなところにも」

胸につけられた跡を目ざとく発見して、保科くんは下着のホックを外した。私の上半身を裸にすると、むき出しになった胸に残された印を上書きしていく。

目についた範囲すべてのキスマークを書き換えて、保科くんは満足げに笑った。

「これでよし、と」

「保科くん、自分に嫉妬してるんだ」

執拗にキスマークを残す保科くんがおかしくて、私は少し笑ってしまう。

「たとえ自分が相手だったとしても、記憶にない跡が先輩の身体に残ってるのは嫌なんです」

「意外と嫉妬深いんだね。店長のことも目の敵にしてたし」

「そうみたいですね。俺だって、自分がこんな嫉妬深くなるとは思ってませんでした。……ガキっぽいって笑いますか？」

そんなこと、思うはずがない。私は首を左右に振った。

「ちゃんと好きでいてくれるんだなって、安心する」

嫉妬されるのは嫌じゃない。他人に興味なさそうな保科くんが私に執着してくれているのだと思うと、嬉しさすらあった。

「先輩のこと、好きですよ。証拠、見せましょうか」

保科くんはそう言うと、自分のシャツも脱ぎ捨てた。私の手を掴むと、白く引き締まった彼の胸元に押しあてる。手の平に当たる保科くんの胸板。硬くて温かいその場所からは、ドクドクと速い心音が伝わってくる。

「わかります？　俺、今、めちゃくちゃ緊張してます。誰かを抱くのに、こんなに緊張したのって初めてですよ」

あの日、私の家に来た保科くんも、同じように緊張してくれていたのだろうか。保科くんは感情があまり顔に出ないから、全然わからなかった。

保科くんと抱き合うのは初めてではないのに、なんだか彼の緊張が私にまで伝わってくるみたいだ。今の保科くんにとっては、これが初めての行為なのだ。そう思ったら、なんだか不安になってくる。私の身体を見て、保科くんはどんな感想を抱いただろうか。

「触ります」

保科くんはちゃんと宣言をしてから、私の胸に触れた。初めは少し遠慮するように、指先でゆっくりと胸の形を変える。けれども手つきは次第に大胆になっていき、敏感な先端部分へと伸びる。

記憶がないはずなのに、その触りかたはやはり保科くんのものだった。慣れた刺激に身体が自然と反応する。

快楽の声を洩らすと、保科くんの動きはますます大胆になった。二本の指で摘まれて、かと思えば、今度は唇でぱくりと先端を咥(くわ)えられる。

「あっ」

硬くなった先端を舌で転がされ、私は身体を震わせた。片側を指で弄りながら、もう片側は唇で優しく挟まれる。ときおり触れるぬるりとした舌が、たまらなく気持ちがいい。

「んっ、あ、ああっ」

胸の先から、びりびりとした刺激が伝わってくる。気持ちがいいのに、慣らされた身体はそれだけでは物足りなくなってくる。胸から伝わる痺(しび)れがお腹の奥へと溜(た)まっていき、身体が熱くなっていく。

今日の保科くんは、いつもよりもずっと丁寧に愛撫(あいぶ)してくれている。けれども、その優しい刺激だけでは物足りないのだ。その先を欲しがる自分の身体に驚きながら、私は太ももをすり合わせた。

「先輩、もじもじして、どうしました?」

保科くんは、私の変化に気づいたようだ。だけど、意地悪く笑ったまま、下腹部には触れてくれない。もどかしい胸への刺激を続け、舌で、指で弄り続ける。

「んっ、ああっ、保科くんっ」

「なんですか、先輩。言いたいことがあるなら、はっきり言ってください」

保科くんは意地悪だ。わかっているくせに、私の口から言わせようとする。

だけど、それすら愛しくて、私は保科くんに懇願した。

「胸だけじゃなくて、こっちも触って欲しい」

そう強請ると、保科くんは心得たとばかりに胸から口を離した。

「わかりました。でもその前に、ベッドに移動しませんか？」

提案に頷いて、私たちは保科くんの部屋へと向かう。ベッドの前まで移動すると、保科くんがたまらずといった様子で正面から私を抱きしめた。

「なんだか、まだ夢を見てるような気分です。こうして、先輩と両想いになれるなんて」

呪われていたあいだの記憶がない保科くんには、きっとなにもかもが急な話に思えるのだろう。

「夢にされたら困るよ。私、ちゃんと保科くんの恋人になりたいんだから」

「……もし夢なら、一生覚めたくないんですけど」

保科くんは低く唸って、いっそう強く私を抱きしめる。それから、残った衣服に手をかけた。

「全部、脱がしますよ。早く先輩の全部が見たい」

下着も全部取り去って、保科くんも裸になった。互いに生まれたままの姿になると、保科くんのモノがもう硬く勃ち上がっているのがわかる。それでも、すぐにベッドに横になるのではなく、そのまま互いに抱きしめあった。

私たちを隔てるものはなにもなく、少し熱い保科くんの体温が直接伝わってくる。腕の中の温もりを、私は大事に抱きしめた。

保科くんの呪いは解けている。それでも、ちゃんと私を好きだと言ってくれた。記憶をなくしてしまっても、保科くんはちゃんと約束を守ってくれたのだ。

「保科くん、好きだよ。大好き」

感情が口から溢(あふ)れる。こうしてまた抱き合えることが、嬉しくてたまらない。

私が想いを伝えると、保科くんはすかさずキスを返してくれる。抱き合いながら何度も口づけを交わして、そのままもつれ合うようにベッドに倒れこんだ。

「俺、今、めちゃくちゃ幸せです」

それは私の台詞だった。保科くんの記憶がないとわかったときは、絶望の底に叩き落とされた気持ちだったのだ。こんなにも彼を好きになるなんて思わなかった。保科くんがいない生活なんて、もう考えられない。

絶え間なくキスを繰り返しながら、保科くんの指が下腹部へと伸びた。少し触れられただけで、その場所が保科くんを欲しがって溶けているのがわかる。すぐにでもひとつになれるくらいだったけれど、それでも、保科くんは慣らすように指を使って解していった。

形をたしかめるように指を秘部に這(は)わせて、膨らんだ尖りを押しつぶす。ジンとした痺れが全身に広がって、私の中からさらに愛液が溢れ出た。それでも足りないとばかりに、保科くんは小刻みに指を震わせて敏感な粒を弄ぶ。

「あっ、ああっ、そこ、やぁ」

弱い場所を攻められて、喘ぐ声が止まらない。甘やかな快楽が膨らんで、軽く達してしまうまで保科くんは刺激を続けた。これ以上ないほどぐすぐすに溶けた私の割れ目に指を這わせ、愛液を塗りたくるようにして、指を中へと挿入させる。

私のそこは、保科くんの指を簡単に飲み込んで、切なげにきゅうきゅうと締めつけた。気持ちがいいのに、全然足りない。一本では駄目だと思ったのか、中を解す指はすぐに二本に増えた。それでもやはり物足りなくて、すぐに保科くんが欲しくなる。

「先輩、ゴムって持ってます？」

私の中をもどかしく解しながら、保科くんが耳元で尋ねる。

「んっ、あんっ、そっちの、あっ、引き出しの中、んっ」

前回使った避妊具の残りを、ベッド横のチェストにしまっていたのを思い出す。内側を溶かされる刺激で、私が途切れ途切れに伝えると、保科くんは指を引き抜いて、言われた場所を調べた。

チェストから使いかけのゴムの箱を取り出すと、複雑そうな顔で一枚を引き抜く。

「俺の部屋なのに、先輩のほうが詳しいことに驚きです」

入れた覚えのない避妊具が出てきて、釈然としないのだろう。保科くんはゴムの袋をあけると、根元までしっかりとそれを被せた。

「ゴム、結構減ってますし。あーあ、なんで俺、覚えてないんだろう」

保科くんは悔しそうに私をベッドに押し倒した。見上げた保科くんの目には、嫉妬の色が滲(にじ)んでいる。

「先輩がどんな顔をして俺に抱かれたのか、知りたいです」

保科くんは私の足を摑んで左右に割り開くと、入り口にいきり立った熱棒をあてがった。

少しの表情の変化も逃すまいとばかりに、じっと私の顔を見つめながら、保科くんが奥深くまで入り込んでくる。

「あ、あああああ……」

中を埋められる感覚に私はか細い声をあげた。見つめ合ったまま繋がって、ぴったりと隙間なく肌が重なる。最奥まで入り込んだ状態で、保科くんが詰めていた息をふっとはきだした。

「これが先輩のナカ……最高に気持ちいい……」

しみじみと堪能するように言われて、顔が熱くなる。けれどもひとたび保科くんが律動を始めると、羞恥など吹き飛んでしまった。

本能のままに喘ぐ私を、保科くんは恍惚(こうこつ)とした表情で見つめている。

「あんっ、あっ、保科くん、ああっ」

「先輩のその顔、すごく好きです。もっと俺で感じてください」

私の快楽を引き出そうと、保科くんの動きが速くなる。ずんと奥を揺さぶられると、喜

びの声を何度もあげてしまう。入り口のあたりを小刻みに刺激され、かと思えば奥深くをぐりぐりと解される。緩急をつけた刺激がたまらない。

「先輩、好きです、好き」

腰を打ちつけながら囁く保科くんの声は、蜂蜜のようにどろりと甘い。呪われていたときとなにも変わらないその姿に、私の胸がいっぱいになる。

好きだと囁かれるたびに、子宮の奥が熱くなる。言葉と快楽が連動しているみたいだ。身体の中心を貫かれながら何度も好きと繰り返されて、甘い快楽に身体がずぶずぶと溶けていく。

「っあん、保科くん、好き、あっ、んっ、す、き」

どうにか気持ちを伝えようと、たどたどしい口調で言葉にする。

熱に浮かされたように好きだと繰り返すと、保科くんが強く私を抱きしめた。

腰を穿（うが）つ動きは激しいのに、私を抱きしめる保科くんの目は優しくて甘い。その対比がたまらなくて、身体だけではなく心までが満たされていくようだ。

穂先で最奥をぐりぐりと押されると、痺れるような快楽が全身に広がっていく。それでもまだ足りなくて、もっともっと彼が欲しくなる。

私の気持ちを見透かしたみたいに、保科くんの唇が落ちて来た。唇を啄（ついば）むだけの優しいキスをしながら、短いストロークで身体を揺さぶる。断続的にやってくる刺激が大きな波になって、高みへと連れていかれる。

保科くんも限界が近いのか、きゅっと苦しげに眉を寄せた。

ふたりで達する直前の、この瞬間がたまらなく好きだ。まるでこの世界にふたりしかいないような感覚。ぴったりと身体が重なって、熱が混ざり合う。どこまでが自分の身体で、どこからが保科くんなのかわからなくなるくらい、ぐすぐすに溶け合って、ひとつになる。

身体だけじゃない。気持ちまでもがひとつに溶けて、心ごと抱きしめてもらっているような多幸感に満たされるのだ。

どこまでもひとつになりたくて、私は保科くんの背中に腕を回す。その瞬間、ひときわ深く穿たれて快楽が弾けた。頭の奥が痺れたように白く染まって、淫悦の海へと叩き落とされる。

保科くんはぎゅっと強く私を抱きしめた。喉を震わせ艶めいた声で呻くと、力を抜いて大きく息をはきだす。

互いに抱き合ったままベッドに沈みこみ、荒い息を整える。気だるい疲労が心地いい。

保科くんの手が私の髪に伸びて、優しく指ですくいあげた。

「先輩、好きです」

「私も、好きだよ」

裸で抱き合いながら、保科くんが甘く笑う。全身が甘い疲れに支配されて、これ以上ない幸せな時間だと思った。

「もう、記憶、なくさないでね」

なんとなく気恥ずかしくて、シーツを手繰り寄せながら私はそんな憎まれ口を言う。もしまた保科くんに忘れられたら、きっともう立ち直れない。

「先輩との記憶なら、俺だって忘れたくないですよ。今だって、悔しくて仕方ないんですから」

本当に悔しそうに保科くんが言うものだから、少し笑ってしまう。保科くんだって、忘れたくてそうなったわけじゃないのだ。悲しかったが、そのことを責めるのは酷だろう。

「でも、もし記憶をなくしても、たぶん、俺は何度でも先輩を好きになりますよ」

「そうかな?」

それは少し盛り過ぎではないだろうか。保科くんの気持ちを疑うつもりはないが、そう何度も恋してもらえるほど自分がいい女だとは思えない。

私が疑わしげに見ていると、保科くんは機嫌を取るように軽いキスを落とした。

「絶対です。だって、俺もう、先輩以外の人に恋する気しないですから」

とろんと甘い目でそんな言葉を言われたら、信じたくなってしまう。

「私も。保科くん以外を好きになれる気がしない」

もし私が記憶をなくしたとしても、何度でも保科くんを好きになってしまいそうだ。もう恋愛なんてしたくないと思っていた自分が、こんな風になるなんて思わなかった。

だけど、少しも嫌じゃない。保科くんを好きになれて、溺れるほどに幸せだ。

「そういえば、例の簪って、先輩が持っているんですか？」

裸でシーツにくるまりながら、保科くんは私の背中に腕を回す。

あの簪は白無垢のときにつけて、着替えたあとに鞄にしまったのだ。今は私の家に置いてある。

「まだ家にあるよ。店に持っていこうと思って、忘れてた」

「俺、見てみたいです。呪われていた張本人なのに、まだちゃんと見てないんですよね」

そういえば、保科くんが簪を見たのはほんの一瞬だけだ。欲しいと言っていたし、ちゃんと見せてあげたい。

「上品なべっ甲の簪だよ。店に持っていかなきゃだし、取ってくるよ」

私の着替えもないし、店に行く前に一度家に帰らないとだめだろう。こんなことなら、保科くんの家に着替えを置いておけば良かった。

「じゃあ俺、車だしますよ。先輩の家に寄ってから、一緒に店に向かいましょう」

「一緒にかぁ」

「え、嫌なんですか？」

「嫌ってわけじゃないけど。店長になにを言われるかなって思って」

上手くいって良かったと、からかわれるだろうか。発破をかけられたし、店長にはあらためてお礼を言わなければならないだろう。

私が店長を気にしていると、保科くんがすっと目を細めた。

「先輩って、店長と仲いいですよね。浮気はダメですからね？」

「店長とは、そういうのじゃないよ」

「でも、向こうはどう思っているかわからないじゃないですか」

もしかして、昨夜のことを気にしているのだろうか。

店長が私を口説くようなことを言ったのは、どう考えても保科くんを煽るためだ。

「店長は私に興味ないと思うよ？」

「先輩がそうやって無防備だから、よけいに俺が心配するんです。店長だって男なんですから、ちゃんと警戒してください」

「はいはい」

「家に誘われても行かないでくださいね？」

「行かないよ」

保科くんに妬いてもらえるのがこそばゆくて、私はくすくすと笑った。それを見て、もっと真剣に聞いてくださいと保科くんが怒る。

保科くんの記憶がないって知ったときはどうなるかと思ったけれど、こうやってまた恋人になれて本当に良かった。保科くんのそばが心地良すぎて、もう彼のいない生活なんて考えられない。

「保科くん、大好き」

「……俺もです」

目の前の身体をぎゅっと強く抱きしめる。幸せで胸が満ち足りた気分だった。


早朝になって、着替えを取るために保科くんの車で私のマンションへと向かう。近くのパーキングに車を停めると、保科くんも一緒に私の部屋へと向かった。エレベーターに乗り込んで、部屋の前に立つと、ドアポストから茶色い封筒がはみ出しているのが見えた。

「先輩、郵便が届いていますよ」

「なんだろう。ダイレクトメールかな」

鍵をあけて部屋の中へと入り、ポストの郵便物を確認する。

「これ、こないだのブライダルサロンからだ」

保科くんと一緒にリビングに向かって封筒をあける。そこには、担当してくれたプランナーさんから、保科くんの体調を心配するような文面と、結婚式が中断されてしまったお詫びが書かれていた。

「お詫びなんていいのにね。心配かけてしまって、こっちが謝りたいくらい」

「あ、他にもなにか入ってますよ」

封筒からでてきたのは、さらにひと回り小さい封筒だった。保科くんは小さな封筒を取り出すと、ゆっくり中を開く。

封筒から出てきたのは、婚礼衣装を着た私と保科くんの写真だった。

「うわ、これ、式のときの写真だ！」

写真がつくようなプランではなかったのだが、プランナーさんが気を使って送ってくれたらしい。なんとなく気恥ずかしい気分でいると、保科くんが食い入るようにその写真を見つめていた。

「保科くん、どうしたの？」

「俺……このとき、先輩の髪に簪をさしました？」

保科くんの言葉に心臓がドキリとする。

「まさか、思い出したの？」

「いえ、でも、知っている気がします。もう少しで思い出せそうな……」

保科くんは、記憶を辿るように写真に指を伸ばした。私の髪に飾られた簪をなぞる。

「この簪……先輩、家にあるって言っていましたよね。見せてください」

「あ、うん。こっちだよ」

私は壁付けの棚から、簪の桐箱を取り出した。箱をローテーブルに置くと、手袋をはめてから蓋をあける。

取り出した簪は、もう黒いモヤを放っていない。細工の美しい綺麗なあめ色の簪だ。

「……すみません、少し触ります」

保科くんは簪を手に取ってしげしげと眺めた。

「覚えています……思い、出しました。あのとき、白無垢を着た先輩がとても綺麗で。先輩と式を挙げたはずなのに、なんだか、自分が別人になったような不思議な感じがしたんです」

「その感じ、私もあったよ。自分が自分じゃないような、誰かの感情が自分の中に入ってるような不思議な感じ」

保科くんは頷いてから、記憶を再現するみたいに簪を私の髪に当てた。

保科くんの手が髪に触れて、心音が速くなる。

「あなたと結婚できる日を、待ち望んでいました」

あの日をなぞるように、保科くんは真剣な顔で私の目を覗き込む。

「立花っ！　すみません、俺、大事なこと……全部忘れてしまっていて」

そうして保科くんは、そのまま私を強く抱きしめた。

あの日と同じように名前を呼ばれて、ぎゅっと心が苦しくなる。

私を抱きしめる保科くんの腕が微かに震えていた。

「思い出したの？」

「はい。立花と式を挙げたことも、一緒に京都に行ったことも」

「全部？」

「はい、全部です」

私は保科くんの背に手を回して、ぎゅっとその身体を強く抱きしめた。目頭が熱くなる。

感情が溢れて止まらない。

仕方がないと思っていた。けれど、やはりあの時間を忘れられたことは、悲しかったのだ。

「不安にさせてすみません。呪いが解けたら、あらためて気持ちを伝えるって約束したのに。全部忘れてしまって……立花を傷つけましたよね」

「ううん、いいんだよ。だって、記憶がなくても、保科くんは私を好きでいてくれた」

保科くんの言葉は本当だった。覚えていなくても、ちゃんと約束を守ってくれたのだ。

「あらためて言わせてください。立花、好きです。俺の恋人になってください」

「もう、恋人だよ」

「知っています。……大好き」

保科くんの唇が降りてきて、私のそれと重なった。

何度も深く口づけ合って、ようやく少し身体が離れる。

「写真を送ってくれたサロンに感謝ですね。これがなければ、たぶん、思い出せなかった」

「そうだね。それだけに、大変な思いをさせて申し訳なかったかも」

挙式中に救急車を呼んだカップルなんて、きっと前代未聞だろう。しかもそれが偽の挙式だったって知ったら、プランナーさんは驚くに違いない。

「お詫びってわけじゃないですけど、本番もここでお願いします？」

「え、本番？」

「今すぐってわけにはいきませんが。いつか、偽物じゃない式を挙げましょう」

プロポーズめいた言葉を言われて、顔が熱くなった。

言葉を返せない私を見て、保科くんは少しだけ気まずそうな顔をする。

「気が早すぎました？」

「ううん。今度は私、ドレスがいいな」

「覚えておきます。きっと俺、世界で一番幸せな花婿になれますよ」

その日を想像して、私はゆっくり首を振った。

「世界で一番は無理だよ」

「どうしてですか？」

「だって、もしそうなったら、世界で一番幸せなのは私のはずだもん」

からかうように私が言うと、保科くんは幸せそうに破顔した。

エピローグ

神島古物商店は、定休日の月曜日以外は、朝十一時から夜七時まで買取りを行っている。繁忙期は引っ越しが多い二月から三月。家を片づけた際に出てくる不用品を売りにくる客が多いのだ。そして、意外と忙しいのがクリスマスの今日、十二月二十五日。キャバクラ嬢たちが、クリスマスに客からプレゼントされた新品のブランド品なんかを売りに来る。プレゼントされたものを売ってしまって大丈夫なのかと心配になったが、商魂逞（たくま）しい彼女たちは、すべての客に同じプレゼントをリクエストしているらしい。もらったプレゼントをひとつだけ残しておいて、ダブった分をお金に変えるのだ。ちゃっかりと換金率の高いアクセサリーをリクエストするあたり、抜け目がない。

本命彼氏とのデート資金にするのだと言って帰っていったお客様を見送って、私はふぅと息をはいた。カウンターに腰かけた私に向かって、保科くんが声をかける。

「お疲れ様です。朝から何件目ですか？」

「八件目かなぁ。毎年、クリスマスはすごいね」

買い取った有名ブランドのアクセサリーは、一度も使われていない新品だ。うちでもこれだけ来るのだから、歌舞伎町近くのリサイクルショップなんかはすごいのだろう。

「店としてはいいお客様なんだけどね。新古品だし、確実にさばけるし。でも、ちょっと可哀想になるよね」

　ロゴ入りのアクセサリーケースを手元で転がして、私は苦笑した。

「まあ、貢ぐほうは、それも折り込み済みで貢いでいるんでしょうから。いいんじゃないですか？」

「興味なさそうだね」

「最近、古美術品の買取りが少ないんですよ」

　不満そうに保科くんは唇を尖(とが)らせた。たしかに、ここ最近は大口の仕事も少なく、保科くんは暇そうにしていた。

「昨日、出張の案件が入っていたじゃない」

「それも不満なんです」

　昨日はクリスマスイブだった。初めて恋人として保科くんと一緒に過ごすイブだったが、保科くんは出張買取りの予定があって、短い時間しか一緒にいられなかったのだ。

「店長も、なにも、イブに出張を入れなくてもいいのに」

　店長が外出中なのを確認してから、保科くんは恨み言を言う。

「文句言わないの。明日は定休日なんだし」

　それに、私は短い時間でも保科くんと一緒に過ごせて満足だった。

私の胸元には、チェーンにぶら下げた指輪が光っている。昨夜、保科くんからプレゼントされたのだ。しかもペアリングで、保科くんも同じデザインの指輪を持っている。

保科くんがクリスマスに普通のアクセサリーをプレゼントしてくれるというのが、なんだか意外だった。誰もが知るような有名ブランド品ではなく、職人による和彫りが施された品というのが保科くんらしい。

私はその存在をたしかめるように、服の上から指輪を握った。その仕草を見て、保科くんが顔をほころばせる。

私たちの関係は、店長は知っているけれど、他の人にはまだ秘密にしている。だから、指輪もチェーンに通して服の下に忍ばせていた。あまり大っぴらにするものでもないと思ったし、働きづらくなると嫌だからだ。恋愛で揉めて前の会社を辞めることになったことを保科くんも知っているので、協力してくれている。

「明日が待ち遠しいです」

保科くんはそれだけ言うと、自分のデスクへ戻っていった。

明日は保科くんとデートの約束がある。にやけそうになった顔を引き締めたところで、またしてもカランと店のドアが来店者を告げた。

今度のお客様はまだ若い女性だった。もしかしたら学生だろうか、年の頃は十代後半に見える。

「あの、相談があるんですけど……」

ワケありそうな匂いを嗅ぎ取って、私はぴしっと背筋を伸ばした。

番外編　後輩ではなく恋人として

夏の終わり、ひょんな事件がきっかけとなって俺は三枝先輩とつきあうことになった。

ずっと好きだった人と恋人になれて嬉しい反面、社内恋愛は少し難しいと感じることもある。

厳しかった残暑も終わって、ようやく涼しくなりはじめた十月のある朝。

店に出勤してパソコンを立ち上げる。今日の俺の主な仕事は写真鑑定と書類整理だ。

社内で共有されているスケジュール表を確認する。先輩は今日は県外に出張の予定だった。ペアを組む相手は店長だ。

俺よりも早く出勤していた先輩は、バタバタと出張の準備を整えていた。

仕事をしながら彼女の姿を横目で追いかけていると、外出準備を終えた店長が近づくのが見えた。

「準備できた？　それじゃあ三枝さん、行こうか」

「はい、店長」

トラックのキーを持って、店長が誘うように先輩の肩をポンと叩く。

何気ない仕草。それなのに、心が騒めいた。

俺の視線に気づいたのか、店長と先輩が振り返る。

「それじゃあ、保科くん。店はよろしくね」

「いってらっしゃい」

俺は動揺を悟られないように、パソコンのディスプレイを見つめたまま出張に向かうふたりを見送る。慌ただしく店長と先輩が店を出ていったのを確認して、俺は気分を切り替えようと給湯室に向かった。

「あのふたり、仲いいよな」

インスタントコーヒーをスプーンでかき回していたら、背後から突然そんな声をかけられる。振り返ると、カウンターに座っていたはずの男がいつの間にかそこにいた。

彼は馬場義明。三枝先輩より少し後に入社した、俺の先輩だ。

三枝先輩と同じく、貴金属やブランド品などの買取りに強くて、カウンターに入ることが多い。今日も馬場さんのシフトはカウンター業務のはずだ。

「馬場さん、カウンターは？」

「心配しなくても、客はいないって。少し休憩」

たしかに客の入りが少ない時間帯ではあるが、だからといって不用意にカウンターから離れるのはいかがなものか。馬場さんの不真面目な態度に俺は呆れる。

彼は自分のマグカップを取り出すと、インスタントコーヒーを淹れて、俺の横からお湯を注いだ。

「それでさ、保科。怪しいと思わねぇ？」

「怪しいって、なにがですか」

「もちろん、三枝さんと店長だよ。もしかしてあのふたり、つきあってんのかな」

馬場さんの言葉に、俺は眉根を寄せた。

先輩と店長がつきあってる？

その目は節穴か。彼女の恋人は俺だと告げてしまいたい気持ちをぐっと耐えて、表情を取り繕った。

「まさか。どうしてそう思うんです？」

「だって店長、出張のペアに三枝さんを指定すること多くねぇ？」

……それは、少し思ったことがある。

「三枝先輩の指導は店長が行ったんでしょう？　出張もその延長なんじゃないですか」

「ああ、それはあるかもな」

「それに、俺のほうが三枝先輩と組むことが多いですよ」

得意分野の相性がいいこともあって、純粋な出張回数なら店長よりも俺と先輩が組むことのほうが多い。

俺がそう主張すると、馬場さんは俺を見て苦い笑みを浮かべた。

「三枝さんは、保科の世話係だもんなぁ」

「三枝先輩に世話された覚えはありませんが」

一緒にいる時間で関係を怪しむなら、俺と先輩の仲を疑ってもいいはずだ。

なのに、どうして俺に対してはそんな反応なのか。

「でもさ。なんつうか、店長って三枝さんに特別目をかけてるだろ」

「それは……店長が先輩を勧誘したから、気にかけてるんじゃないですか？」

先輩がここで働くようになったきっかけは、店長だ。

だからこそ先輩は店長を尊敬しているし、店長も彼女を気にかけている。

俺はそれが少し面白くないのだけれど。

「あれ、保科って三枝さんがこの店に来たときの話、知ってるの？」

「はい。先輩から直接聞きました」

「ふぅん。なんだかんだ、お前達も仲いいもんな」

仲いいどころか、恋人ですから。心の中で浮かんだ言葉を吞み込む。

「そうですよ。店長と先輩の仲を疑うなら、俺との仲を疑ってもいいと思いますけど」

「保科と？　いや、それはないだろ」

けらけらと笑う馬場さんを見て、俺は思わず不満顔になる。

むっとした俺を見てどう思ったのか、馬場さんは悪いと謝ってから言葉を続けた。

「いや、だって、保科が誰かと恋愛してるところなんて、想像つかねぇし」

先輩との関係を隠している身としては怪しまれないのは有難いのだが、こうして言い切られると複雑な気持ちになってしまう。

この話題を続けるのはあまりよくない。俺は無人のカウンターを指した。

「無駄話をしていないで、そろそろ戻ったらどうですか?」

「はいはい。保科はほんっと愛想がないよなぁ。そんなんじゃ、恋人もできないぞ」

「余計なお世話です。それに、俺には最高の恋人がいますから」

先輩の姿を思い浮かべながら言うと、馬場さんはおやっと眉をあげた。

「お前はそういうの興味ないかと思ってたんだけど。でもまあ、愛想がなくてもその顔だもんなぁ。周りが放っておかないか」

馬場さんは肩をすくめると、マグカップを持ってカウンターへと戻ろうとする。

俺はその手を摑(つか)んで、彼の動きを止めた。

「馬場さん。カウンターでの飲食は禁止ですよ。珈琲(コーヒー)ならここで飲みきってください」

「かたいこと言うなよ」

「駄目です。買取り品が汚れたらどうするんですか。休憩したいならすこしの間、俺が代わりますんで」

自分のデスクにマグカップを置いてから、馬場さんの代わりにカウンターに入ると、サンキューという声が追ってくる。

せっかく淹れた珈琲が冷めてしまうだろうが、馬場さんの会話につきあうよりはマシだと諦める。

先輩と店長が、似合ってる……か。

店の中で、店長だけは俺と先輩の関係を知っている。

先輩とつきあう時だって、あの人は俺の背中を押してくれたし、先輩に対してそういう好意を抱いていないのは分かっているのだ。

それでも、先輩と店長がふたりでいるところを想像すると面白くない気分になってしまうのは、俺の心が狭いのだろう。


「おじゃまします」

「出張お疲れ様でした、先輩」

先輩は明日、休みの予定だ。なので今日は俺の家に泊ってもらう約束をしていたのだ。

出張先から直帰した先輩は、自宅に帰らずに俺の家へと来てくれた。

先輩の姿を見るなり、俺は彼女を抱きしめた。

汗に混じってふわりとボディーソープの香りがする。先輩の肩口に顔を埋めると、彼女は焦った声をあげた。

「ほ、保科くん！　今汗臭いから、離してっ」

「気になりませんよ」

「私は気になるの！」

「だったら、シャワー浴びてきてください。俺は食事の用意しておきますんで」

時計は九時を回っているが、おそらく先輩はまだ何も食べていないだろう。

先輩が頷いてシャワー室に消えて行くのを見送って、俺はキッチンへと立った。

料理は嫌いじゃない。先輩が食べてくれるのだと思うと、なおさらだ。

冷蔵庫にある食材で茄子の煮物と酢豚を作る。できた料理をお皿に移し終えると、シャワーを終えた先輩がリビングへとやってきた。

彼女は俺が作った夕食を見ると、嬉しそうに顔をほころばせる。

「うわぁ、美味しそう。相変わらず、保科くんは料理が上手いね」

寛いだ姿の彼女を見て、俺の口元も自然に緩んだ。

俺の部屋には少しずつ彼女のものが増えていっている。

今彼女が着ている部屋着もそうだし、食器だってペアのものを買いそろえた。

他人にテリトリーを浸食されるのが嫌で、誰かを家に呼ぶのも好きじゃなかったのに、彼女の痕跡が増えていくのはこんなにも楽しいのだから不思議なものだ。

ダイニングテーブルを挟んで、向かい合って席に着く。彼女はいただきますと挨拶をしてから箸を掴んだ。

俺の作った夕食を嬉しそうに食べる先輩を見ていると、満ち足りた気持ちになる。

いっそ、このまま俺の家に引っ越して来ればいいのに。

そんな考えが過るが、さすがに恋仲になってひと月で切り出すのは早いだろう。

ゆくゆくは結婚したいと思っているが、重たい男だと思われたくない。

それに、同棲してしまえばなおさら、周囲に関係を隠しづらくなる。

悶々としながら箸を進めていると、先輩の二の腕に絆創膏が貼られているのに気がつく。

「腕、怪我したんですか？」

「大したことないんだけどね。出張先の蔵で釘が飛び出してるところがあって、かるく切っちゃって。店長が絆創膏を持ってたから、助かったよ」

大した怪我ではないと聞いて、ほっと息をはく。

「気をつけてくださいよ。錆びた釘だと破傷風になることもありますから」

「そうだね。そのまま絆創膏を貼ろうとしたら、ちゃんと傷口を洗いなさいって店長にも叱られちゃった」

なんでもない会話だ。

けれども、端々に出てくる店長の存在に昼間に感じたモヤモヤが蘇る。

「ふーん。店長がですか」

「保科くん？」

「今日、馬場さんが怪しんでましたよ。先輩と店長が実はつきあってるんじゃないかって。失礼ですよね。先輩の恋人は俺なのに」

零れ出た言葉は、思った以上に冷たい声になっていた。

「もしかして、怒ってる？」

先輩の目が不安げに曇る。言ってしまってから、しまったと俺は肩をすぼめた。

子供じみた嫉妬である。分かっているのに表に出してしまった。

「怒ってません。職場で関係を公にしないことは俺も納得してますから。ただ、ちょっと悔しいだけです」

先輩に一番近い場所にいるのは俺なのに、俺ではなく店長と先輩がそういう風に見られるのが悔しい。

まるで、俺は先輩に似合わないと突きつけられているようで……。

暗い思考が過ったとき、先輩が席を立つ気配がした。

えっと顔をあげた瞬間、背後に回った先輩に抱きしめられる。

「私が好きなのは、保科くんだよ」

耳元で響く優しい声。

ふわりと香る洗い立てのシャンプーの香りが、ひどく胸を騒めかせる。

さっきまで胸の中で渦巻いていた嫉妬が、先輩に触れられた瞬間に溶けて消えていく。

「先輩は、俺の機嫌の直しかたを分かってますね」

憎まれ口を叩いてから振り返って、すぐ近くにあった先輩の唇を奪う。

さっきまで食べていた酢豚の味がして、なんだかくすぐったい気持ちになる。

軽く唇を合わせたあと、離れようとした先輩を捕まえて、俺は口づけを続けた。

「もうちょっとつきあってください」

「んんっ……」

俺も椅子から立ち上がって、先輩の身体を抱きしめる。

舌を絡める深い口づけをすると、すぐさまそれ以上が欲しくなった。

先輩の肌に触れたくて、シャツの隙間から手を差し入れる。

「保科くん、まだ食事の途ちゅ……んんっ」

「夕食よりも、先輩を食べたくなりました」

ダイニングテーブルを確認すると、先輩はもうほとんど食べ終えていた。

これならばいいだろうと、俺は先輩の服を脱がし始める。

先輩の身体はどこも柔らかい。耳朶（みみたぶ）を唇で食んだら、先輩の身体から力が抜けた。

「今すぐ、立花が欲しい」

「し、寝室に移動してからね……」

先輩を名前で呼ぶと、今が恋人同士の時間だと明確になる。

彼女はもじもじとして、恥ずかしそうに視線を逸らした。このままリビングで押し倒したい衝動に駆られる。

逸る気持ちをおさえて寝室に移動して、すぐさま彼女をベッドに押し倒した。

「立花」

行為の最中に名を呼ぶと、恥ずかしそうに頬を染める姿が愛らしい。

職場では三枝先輩と呼ばなくてはならない。

ふたりきりのときだけ呼べる彼女の名前を何度も繰り返しながら、彼女の身体にキスを落としていく。

「んっ、保科くん……あぁんっ」

「保科くんじゃなくて、隼人ですよ」

「は、隼人……くん、ああっ」

先輩はぎこちなく俺の名を呼んだ。つきあってひと月。職場ではずっと保科くんと呼んでいるので、俺の名前を呼ぶことにまだ慣れていないようだ。

こうして隼人と呼ばれると、年下であることとか、職場の後輩であることを忘れて、ただの男として見られているようで気分がよかった。

「もっと、俺の名前を呼んでください」

彼女の服をはぎ取って、生まれたままの姿を暴く。

白い肌のいたるところを愛撫しながら、俺も衣服を脱いでいった。

「隼人くん……んっ」

先輩の肌を撫でながら、衣服で隠れる場所にキスマークを残した。

薄紅色の跡を眺めれば彼女は俺のものだという所有欲が満たされる。

満足気にそれを指でなぞっていると、今度は先輩が俺の胸元に吸いついた。

ちくりと小さな刺激のあとに、俺の肌にも先輩のつけた印が残る。

「私もキスマーク、つけたい」

懸命に俺の肌に吸いつく先輩の姿を見ていると、すぐさま彼女を抱きつぶしたい衝動に駆られる。

彼女の身体に圧し掛かって己を埋め、欲望のまま彼女を抱いた。


「もうこんな時間。食器、片づけないと」

裸のままブランケットに包まって、先輩が気だるげにつぶやいた。

起き上がろうとする彼女を押しとどめて、俺はベッドから身体を起こした。

「俺がやりますよ。先輩は休んでいてください」

彼女の頭を撫でると、不満そうな目で睨まれる。

「先輩？」

「呼び方、戻ってる。保科く……隼人くんも、できればふたりのときは、名前で呼んで」

どうやら、俺が先輩と呼んだのが気に入らなかったらしい。

まさか彼女にそんな指摘をされると思っていなくて、俺は目を丸くした。

「立花」

小さな我侭（わがまま）に愛しさがこみあげて軽く口づけを落とせば、先輩が俺を抱き寄せて深く唇を押しつけた。

「独占欲があるのは、隼人くんだけじゃないんだからね」

先輩はそう言うと、先ほど俺につけた跡を指でなぞった。

「隼人くんは格好いいし、お店にくるお客さんにうっとりした目で見られることも多いし。私だって、隼人くんは私のなのに！って主張したくなるときもあるんだよ」

先輩も自分と同じような不安を抱くことがあるのだと思うと、なんだか安心した。

嫉妬してしまう自分が未熟で子供っぽいのではないかと思っていたが、彼女も俺と同じなのだ。

「立花の誕生日って、もう終わってましたよね？」

「え、いきなりだね。うん、私は春生まれだから、今年はもう終わったけど」

「じゃあ、クリスマスですね。次のクリスマスに、指輪を贈ってもいいですか？　その、できれば俺と揃(そろ)いのものを」

ペアリングをつけたいという気持ちを、彼女に伝える。

堂々と明かせないのであれば、互いに恋人なのだという証を身につけたかった。

もちろん、堂々と職場で見せびらかすわけにはいかないが、ただ持ってくれているだけでも安心できる。

俺の言葉に先輩は驚いたように目を丸くして、それから、花が綻ぶような笑顔を浮かべた。

「楽しみにしてる」

彼女に恋人としての指輪を。そして、できればいつか、それを夫婦のものにしたい。

彼女と歩む未来を想像すると、胸の奥が幸せな気持ちで満ち溢(あふ)れるのだった。

あとがき

こんにちは、もしくははじめまして、大江戸ウメコです。

このたびは本作をお手に取っていただき、本当にありがとうございます。

こちらの作品は、第十四回らぶドロップス恋愛小説コンテストを受賞し、らぶドロップスより刊行された「神島古物商店の恋愛事変　その溺愛は呪いのせいです」の文庫版となっております。賞をいただいたり、ぶんか社様でコミカライズしていただいたり、電子書籍から文庫化していただいたりと、色々なご縁をいただいた思い出深いお話です。

らぶドロップス様のコンテストでは、メインテーマとサブテーマが用意されているんですが、敬語で喋る年下男子が大好きなので、サブテーマに年下というワードがあって喜んだ覚えがあります。

この話はヒロインたちが簪の呪いに振り回される物語なのですが、実は当初、まったく別の話を書く予定で構想を練っていました。立花は大学生だったし、保科の性格はもっと陽気な感じだったんです。

コンテストに応募する際に、ヒーロー&ヒロインの年齢をあげたり、設定を練り直したのですが、予定していたよりいい話にできたのではないかと思います。

文庫化に際して素敵なイラストを描いてくださった蜂不二子先生、本当にありがとうございます。

また、コミカライズは電子コミック誌「ラブキスmore」にて連載中です。真神れい先生がとても素敵にふたりを描いて下さっていますので、そちらも是非読んでいただけると嬉しいです。

そしてなにより、本作を手に取ってくださった方、読んでくださる方がいるおかげでいつも作品を書けております。

この作品で、少しでも楽しい時間をお届けできれば嬉しく思います。

蜜夢文庫 作品コミカライズ版！

〈蜜夢文庫〉の人気作品が漫画でも読めます！

お求めの際はお近くの書店または電子書店にて。

人気茶葉店の店主×内気な OL
「あの雨の日、彼は静かに泣いていた……」
優しい茶葉店の店主が私限定で獰猛に！

眼鏡男子のお気に入り 茶葉店店主の溺愛独占欲

モユ［漫画］／西條六花［原作］

〈原作小説〉絶賛発売中！

〈あらすじ〉

「こんなきれいな身体なんだから自信を持っていい」。

イベント企画会社で働く莉子は引っ込み思案で男性と交際したことがない。会社が主催する中国茶教室に参加して興味を持った莉子は、講師の響生に誘われ、彼が経営する茶葉店に通いはじめる。穏やかな人柄の響生に少しずつ心を開くようになった莉子だったが…。

西條六花原作「眼鏡男子のお気に入り 茶葉店店主の溺愛独占欲」のコミカライズ！

甘くてビターな溺愛ストーリー♡

本書は、電子書籍レーベル「らぶドロップス」より発売された電子書籍『神島古物商店の恋愛事変　その溺愛は呪いのせいです 』を元に、加筆・修正したものです。

★著者・イラストレーターへのファンレターやプレゼントにつきまして★
著者・イラストレーターへのファンレターやプレゼントは、下記の住所にお送りください。いただいたお手紙やプレゼントは、できるだけ早く著作者にお送りしておりますが、状況によって時間が掛かる場合があります。生ものや賞味期限の短い食べ物をご送付いただきますと著者様にお届けできない場合がございますので、何卒ご理解ください。
送り先
〒160-0022　東京都新宿区新宿 1-36-2　新宿第七葉山ビル 3F
（株）パブリッシングリンク　蜜夢文庫 編集部
○○（著者・イラストレーターのお名前）様

神島古物商店の恋愛事変
その溺愛は呪いのせいです
２０２３年１１月１７日　初版第一刷発行

著……大江戸ウメコ
画……蜂不二子
編集……株式会社パブリッシングリンク
ブックデザイン……しおざわりな
（ムシカゴグラフィクス）
本文ＤＴＰ……ＩＤＲ

発行人……後藤明信
発行……株式会社竹書房
〒 102-0075　東京都千代田区三番町８－１
三番町東急ビル６Ｆ
email：info@takeshobo.co.jp
http://www.takeshobo.co.jp
印刷・製本……中央精版印刷株式会社